U0894128

东方智慧丛书

学术顾问：张葆全
主　　编：汤文辉　刘志强

编辑委员会：
主　　任：虞劲松　郭玉贤
　　　　　尤晓澍
委　　员：才学娟　王　专
　　　　　王　燕　杨远义
　　　　　陈丕武　施　萍
　　　　　梁嗣辰　梁鑫磊
　　　　　邹旭勇　原野菁

翻译委员会：
主　　任：黎巧萍　刘志强
　　　　　覃秀红
委　　员：王海玲　吴思远
　　　　　沈　菲　张　蔚
　　　　　欧江玲　徐明月
　　　　　谈　笑　陶　红
　　　　　黄兴球　覃海伦
　　　　　韩艳妍

美术委员会：
主　　任：柒万里　尹　红
委　　员：卫阳虹　王雪峰
　　　　　吕　鹏　刘　荣
　　　　　关瑞琳　郑振铭
　　　　　俞　崧　陶朝来
　　　　　黄建福　蓝学会
　　　　　戴孟云

အရှေ့တိုင်းဉာဏစာစဉ်

သုတေသနအတိုင်ပင်ခံ – ကျန်းပေါင်ချွမ်
တာဝန်ခံအယ်ဒီတာ – ထန်းဝင်ဖွေး၊ လျူကျိချန်

အယ်ဒီတာကော်မတီ
ကော်မတီမှူး – ယူကျင့်စုံး၊ ကိုးယုရှည်
ယိုရှောင်ရှူ
ကော်မတီဝင် – ချိုင်ရွှေကျွဲ၊ ဝမ်ကျွမ်း
ဝမ်ယဲ့၊ ယန်ယွမ်ယိ
ချိန်ဖီးဝူ၊ စီးဖျင်
လျန်ရှိချိန်　လျန်ရှင်းလေ
ဇိုးရှို့ယုံ ယွမ်ယယ်ကျင်း

ဘာသာပြန်ကော်မတီ
ကော်မတီမှူး – လီချောင်ဖျင်၊ လျူကျိချန်
ချင်ရှူတ်ဟုန်
ကော်မတီဝင် – ဝမ်ဟိုင်လင်၊ ဝူစီးယွမ်
ရှိန်ဖေး၊ ကျန်းဝေ့
အုန်းကျန်းလင်၊ ရှူမင်ယွဲ့
ထန်ရှောက်၊ ထောင်ဟုန်
ဟွမ်ရှင်းချူ၊ ချင်ဟိုင်လွင်
ဟန်ယဲ့ယယ်

ပန်းချီအနုပညာကော်မတီ
ကော်မတီမှူး – ချီးဝမ့်လီ၊ ရင်ဟုန်
ကော်မတီဝင် – ဝေ့ယန်ဟုန်၊ ဝမ်ရွှေဖိန်း
လွီဖိန်၊ လျူရုန်
ကွမ်းရီလင်၊ ကျိန့်ကျိန့်မင်
ယူစုံး၊ ထောင်ကျောင်းလိုင်
ဟွမ်ကျက်ဖူ၊ လန်ရွှေဟွေ့
တိုက်မိန့်ယွင်

အရှေ့တိုင်းဉာဏစာစဉ်

东方智慧丛书

တာဝန်ခံအယ်ဒီတာ – ထန်းဝင်ဟွေး၊ လျူကျိချန်

主 编：汤文辉 刘志强

သုတေသနအတိုင်ပင်ခံ – ကျန်းပေါင်ချွမ်

学术顾问：张葆全

တရုတ် – မြန်မာ

汉 缅 对 照

ထန်ခေတ်ကဗျာ လက်ရွေးစင်ဘာသာပြန်

唐诗选译

ရွေးချယ်အဓိပ္ပါယ်ဖွင့်ဆို – စိုင်ရွှယ်ကျွမ်း

选释：才学娟

တရုတ်ဘာသာတည်းဖြတ်စစ်ဆေး – ကျန်းပေါင်ချွမ်

中文审读：张葆全

ဘာသာပြန် – သင်းသင်း၊ ဒေါက်တာထိုက်လွင်ကို

翻译：朱 君 （缅）龙 威

မြန်မာဘာသာတည်းဖြတ် – ဒေါ်ဝတီသွင်

缅甸语审读：（缅）Daw Waddy Thwin

ပန်းချီ – လီကျင်းယင်

绘图：李贞莹

· 桂林 ကွေ့လင်မြို့ ·

GUANGXI NORMAL UNIVERSITY PRESS

广西师范大学出版社

© 2023 by Guangxi Normal University Press.
All rights reserved.

图书在版编目（CIP）数据

唐诗选译 ：汉缅对照 / 才学娟选释 ；朱君，（缅）龙威译 ；李贞莹绘. -- 桂林 ：广西师范大学出版社，2023.1

（东方智慧丛书 / 汤文辉等主编）
ISBN 978-7-5598-5522-0

Ⅰ. ①唐… Ⅱ. ①才… ②朱… ③龙… ④李… Ⅲ. ①唐诗－诗集－汉、缅 Ⅳ. ①I222.742

中国版本图书馆 CIP 数据核字（2022）第 214212 号

广西师范大学出版社出版发行
（广西桂林市五里店路 9 号　邮政编码：541004
网址：http://www.bbtpress.com）
出版人：黄轩庄
全国新华书店经销
广西广大印务有限责任公司印刷
（桂林市临桂区秧塘工业园西城大道北侧广西师范大学出版社集团有限公司创意产业园内　邮政编码：541199）
开本：880 mm × 1 240 mm　1/32
印张：8.375　　字数：180 千　　图：50 幅
2023 年 1 月第 1 版　　2023 年 1 月第 1 次印刷
定价：78.00 元

如发现印装质量问题，影响阅读，请与出版社发行部门联系调换。

总　序

文化交流对人类社会的存在与发展至关重要。季羡林先生曾指出，文化交流是推动人类社会前进的主要动力之一，文化一旦产生，就必然交流，这种交流是任何力量也阻挡不住的。由于文化交流，世界各民族的文化才能互相补充，共同发展，才能形成今天世界上万紫千红的文化繁荣现象。[1]

中国与东盟国家的文化交流亦然，并且具有得天独厚的优势。首先，中国与东盟许多国家地理相接，山水相连，不少民族之间普遍存在着跨居、通婚现象，这为文化交流奠定了良好的地理与人文基础。其次，古代中国与世界其他国家建立起的“海上丝绸之路”为中国与东盟国家的经济、文化交流创造了有利的交通条件。

中国与东盟诸多使用不同语言文字的民族进行思想与文化对话，

[1]季羡林：《文化的冲突与融合·序》，载张岱年、汤一介等《文化的冲突与融合》，北京大学出版社，1997年，第2页。

自然离不开翻译。翻译活动一般又分为口译和笔译两类。有史记载的中国与东盟之间的口译活动可以追溯至西周时期，但笔译活动则出现在明代，至今已逾五百年的历史。

在过去五百年的历史长河中，东盟国家大量地译介了中国的文化作品，其中不少已经融入本国的文化中去。中国译介东盟国家的作品也不在少数。以文字为载体的相互译介活动，更利于文化的传承与发展，把中国与东盟国家的文化交流推上了更高的层次。

2013 年 9 月，国务院总理李克强在广西南宁举行的第十届中国—东盟博览会开幕式上发表主旨演讲时指出，中国与东盟携手开创了合作的“黄金十年”。他呼吁中国与东盟百尺竿头更进一步，创造新的“钻石十年”。2013 年 10 月，习近平总书记在周边外交工作座谈会上强调要对外介绍好我国的内外方针政策，讲好中国故事，传播好中国声音，把中国梦同周边各国人民过上美好生活的愿望、同地区发展前景对接起来，让命运共同体意识在周边国家落地生根。于是，把中华文化的经典译介至东盟国家，不仅具有重要的历史意义，同时还蕴含着浓厚的时代气息。

所谓交流，自然包括“迎来送往”，《礼记》有言：“往而不来，非礼也；来而不往，亦非礼也。”中国与东盟国家一样，既翻译和引进外国的优秀文化，同时也把本国文化的精髓部分推介出去。作为中国最具人文思想的出版社之一——广西师范大学出版社构想了《东方智慧丛书》，并付诸实践，不仅是中国翻译学界、人文学界的大事，更是中国与东盟进行良好沟通、增进相互了解的必然选择。广东外语外贸大学和广西民族大学作为翻译工作的主要承担方，都是国家外语非通用语种本科人才培养基地，拥有东盟语言文字的翻译优势。三个单位的合作将能够擦出更多的火花，向东盟国家更好地传播中华文化。

联合国教科文组织的官员认为，“文化交流是新的全球化现象”。[1]我们希望顺应这一历史潮流与时代趋势，做一点力所能及的事。

是为序。

刘志强

2015 年 1 月 25 日

[1]《联合国教科文组织文化政策与跨文化对话司司长卡特瑞娜·斯泰诺的致辞》，载《世界文化的东亚视角》，北京大学出版社，2004年，第3页。

နိဒါန်း

ယဉ်ကျေးမှုဖလှယ်ရေးသည် လူ့အဖွဲ့အစည်း၏ တည်ရှိမှုနှင့် ဖွံ့ဖြိုးတိုးတက်မှုအတွက် အင်မတန်အရေးကြီးပါသည်။ ဆရာကြီး ဂျိရှမ့်လင်သည် ဤသို့ထောက်ပြခဲ့၏။ ယဉ်ကျေးမှုဖလှယ်ရေးသည် လူ့အဖွဲ့အစည်းကို ရှေ့သို့ ဖွံ့ဖြိုးတိုးတက်စေရန် အဓိက တွန်းအားထဲမှ တစ်ခုအပါအဝင်ဖြစ်သည်။ ယဉ်ကျေးမှုတစ်ရပ် ဖြစ်ပေါ်ပေါက်ဖွားလာသည်နှင့်တစ်ပြိုင်နက် အခြားယဉ်ကျေးမှုနှင့်ဖလှယ်မှု ရှိလာပါမည်။ ဤသို့ဖလှယ်မှုကို မည်သည့်အင်အားမျှလည်း မတားဆီးနိုင်ပေ။ ယဉ်ကျေးမှုဖလှယ်ရေးကြောင့် ကမ္ဘာပေါ်ရှိ လူမျိုးအသီးသီးတို့၏ယဉ်ကျေးမှုသည် အပြန်အလှန်ဖြည့်စွက်၍ အတူတကွဖွံ့ဖြိုးတိုးတက်လာရာမှ ယနေ့တွင်ဝေဝေဆာဆာဖူးပွင့်ထွန်းကားနေသော ကမ္ဘာ့ယဉ်ကျေးမှုဖြစ်ပေါ်လာနိုင်၏။[1]

တရုတ်နှင့် အာဆီယံနိုင်ငံများကြားရှိ ယဉ်ကျေးမှုဖလှယ်ရေးသည်လည်း ဤကဲ့သို့ပင်ဖြစ်ကာ ယဉ်ကျေးမှုဖလှယ်ရန် အခြေအနေကောင်းလည်းရှိ၏။ ပထမဦးစွာ တရုတ်နှင့်

[1] ဂျိရှမ့်လင်။ ယဉ်ကျေးမှု၏ပဋိပက္ခနှင့် ရောနှောပေါင်းစပ်မှု – နိဒါန်း၊ ကျန်းတိုက်ညဏ်၊ ထမ်းယီးကျက်စသည်တို့ ရေးသားပြုစုသော ယဉ်ကျေးမှု၏ပဋိပက္ခနှင့် ရောနှောပေါင်းစပ်မှု၊ ပီကင်းတက္ကသိုလ်ပုံနှိပ်တိုက်၊ ၁၉၉၇ ခုနှစ်၊ စာမျက်နှာ–၂။

အာဆီယံနိုင်ငံအများစုသည် တောင်ရေမြေချင်းဆက်စပ်၍ အချို့တိုင်းရင်းသားလူမျိုးစုကြားတွင် နယ်စပ်ဒေသဖြတ်ကျော်၍ နေထိုင်ခြင်း၊ လက်ထပ်မင်္ဂလာပွဲပြုလုပ်ခြင်း များစွာရှိသဖြင့် ယဉ်ကျေးမှု ဖလှယ်ရေးအတွက် ကောင်းမွန်သော ပထဝီနှင့် လူမှုဆက်ဆံရေးဆိုင်ရာ အခြေခံအုတ်မြစ်ကောင်းများ ချထားသည်။ ထို့ပြင် ရှေးခေတ်က တရုတ်နှင့် အခြားနိုင်ငံများ အတူတကွ လမ်းဖောက်ထားသော ပင်လယ်ပြင်ပိုးလမ်းမကြီးသည် တရုတ်နှင့်အာဆီယံနိုင်ငံများကြားရှိ ကုန်သွယ်စီးပွားနှင့် ယဉ်ကျေးမှုဖလှယ်ရေးအတွက် လမ်းပန်းဆက်သွယ်ရေးအခြေအနေကောင်းကို ဖန်တီး ထားပါသည်။

တရုတ်နှင့် အာဆီယံနိုင်ငံများအကြား အတွေးအခေါ်နှင့် ယဉ်ကျေးမှုဖလှယ်ရာတွင် ဘာသာပြန်ခြင်းသည် မရှိမဖြစ် လိုအပ်သည်။ ဘာသာပြန်ခြင်းတွင် ယေဘုယျ အားဖြင့် စကားပြန်ခြင်းနှင့် ဘာသာပြန်ခြင်းဟု နှစ်မျိုးခွဲခြားထားသည်။ သမိုင်း မှတ်တမ်းတင်မှုရှိသော တရုတ်နှင့် အာဆီယံနိုင်ငံများကြားရှိ စကားပြန်ခြင်းသည် စီးကျိုး မင်းဆက်ခေတ်ကတည်းကပင် စတင်တွေ့ရှိနိုင်ပါသည်၊ ဘာသာပြန်ခြင်းသည် မင်မင်းဆက် ခေတ်မှ စတင်ပေါ်ပေါက်လာ၍ ယနေ့အထိ သမိုင်းနှစ် ၅၀၀ ကျော်ရှိပေပြီ။

လွန်ခဲ့သော နှစ် ၅၀၀ ကျော်သမိုင်းရေစီးကြောင်းတွင် အာဆီယံနိုင်ငံများသည် တရုတ်နိုင်ငံ၏ယဉ်ကျေးမှုအရေးအသားများကို များစွာ ဘာသာပြန်ခဲ့ကြ၏။ ၄င်းတို့ အနက် အချို့ယဉ်ကျေးမှုသည် သက်ဆိုင်ရာနိုင်ငံများ၏ ယဉ်ကျေးမှုတွင်း၌ ပါဝင်သွားပြီး ဖြစ်၏။ တရုတ်နိုင်ငံသည် အာဆီယံနိုင်ငံများ၏ အရေးအသားများကိုလည်း များစွာ ဘာသာပြန်ခဲ့သည်။ စာအရေးအသားဖြင့် အပြန်အလှန် ဘာသာပြန်ခြင်းသည် ယဉ်ကျေးမှု ၏ ဆက်ခံမှုနှင့် တိုးတက်မှုအတွက် ပိုမိုအကျိုးရှိသည်။ တရုတ်နှင့် အာဆီယံနိုင်ငံများ၏ ယဉ်ကျေးမှုဖလှယ်ရေးကို ပိုမိုမြင့်မားသော အခန်းကဏ္ဍသို့ မြင့်တင်သွားနိုင်သည်။

၂၀၁၃ ခုနှစ် စက်တင်ဘာလတွင် တရုတ်နိုင်ငံတော်ကောင်စီ၊ ဝန်ကြီးချုပ်လီခဲချန်း သည် ကွမ်ရှီးကျွမ့်လူမျိုး ကိုယ်ပိုင်အုပ်ချုပ်ခွင့်ရဒေသ၊ နန်နင်းမြို့၌ကျင်းပခဲ့သော ၁၀ ကြိမ်မြောက် တရုတ်–အာဆီယံ ကုန်စည်ပြပွဲ၏ ဖွင့်ပွဲအခမ်းအနား၌ မိန့်ခွန်းပြောကြားရာ တရုတ်နှင့်အာဆီယံသည် အတူတကွလက်တွဲ၍ ပူးပေါင်းဆောင်ရွက်မှုဆိုင်ရာ "ရွှေဆယ်စုနှစ်" ဖန်တီးနိုင်ခဲ့ကြောင်း ထောက်ပြခဲ့သည်။ တရုတ်နှင့် အာဆီယံနိုင်ငံများသည် ဆတက်ထမ်းပိုး ကြိုးစား၍ "စိန်ဆယ်စုနှစ်" ဆီသို့ လျှောက်လှမ်းနိုင်ရန် တိုက်တွန်းခဲ့ပါသည်။ ၂၀၁၃ ခုနှစ် အောက်တိုဘာလတွင် အတွင်းရေးမှူးချုပ် ရှီကျင့်ဖျင်သည် တရုတ်နှင့် အိမ်နီးချင်းနိုင်ငံများအကြား

သံတမန်ဆက်ဆံရေး လုပ်ငန်းဆွေးနွေးပွဲတွင် တရုတ်နိုင်ငံ၏ ပြည်တွင်းပြည်ပဆိုင်ရာ ပေါ်လစီ၊ မူဝါဒများ၊ တရုတ်အကြောင်းနှင့် တရုတ်ပြည်သူလူထု၏အသံကို ပြည်ပသို့ ကောင်းမွန်စွာမိတ်ဆက်သင့်ကြောင်း၊ တရုတ်အိပ်မက်နှင့် အိမ်နီးနားချင်းနိုင်ငံများမှ ပြည်သူလူထုတို့၏ ကောင်းမွန်သောဘဝကို ဖန်တီးလိုသောဆန္ဒ၊ ဒေသဖွံ့ဖြိုးတိုးတက်ရေး အလားအလာတို့နှင့် ချိတ်ဆက်ထားသင့်ကြောင်း၊ ကံကြမ္မာအကျိုးတူအဖွဲ့ အသိအမြင်ကို အိမ်နီးနားချင်းနိုင်ငံများမှ ပြည်သူလူထုများလက်ခံလာစေရန် ကြိုးစားသင့်ကြောင်း အလေးထား ပြောကြားခဲ့သည်။ ထို့ကြောင့် တရုတ်ယဉ်ကျေးမှုဆိုင်ရာ ဂန္ထဝင်မြောက်သော စာကောင်းပေကောင်းများကို ဘာသာပြန်၍ အာဆီယံနိုင်ငံများသို့ မိတ်ဆက်သွားခြင်းသည် သမိုင်းဝင် အကျိုးကျေးဇူးများရှိသည့်အပြင် ခေတ်နှင့်လျော်ညီသော အနက်အဓိပ္ပာယ်လည်းရှိသည်။

ဖလှယ်ခြင်းဟူသည် အပြန်အလှန် လဲလှယ်ခြင်းဖြစ်သည်။ လောကဝတ်ထုံးနည်းကျမ်း၌ အပေးပင်ရှိကာ အယူမရှိလျှင် လောကဝတ်နှင့် မကိုက်ညီပေ။ အယူပင်ရှိကာ အပေးမရှိလျှင်လည်း လောကဝတ်နှင့် မကိုက်ညီပေ။ ချစ်ကြည်ရေးသည် နှစ်ဦးနှစ်ဘက်စလုံးပါဝင်မှသာ တည်တံ့ခိုင်မြဲနိုင်မည်ဟု အဆိုရှိ၏။ တရုတ်နိုင်ငံသည် အာဆီယံနိုင်ငံများကဲ့သို့ပင်ဖြစ်သည်။ နိုင်ငံခြားမှထူးချွန်ထက်မြက်သောယဉ်ကျေးမှုကို ဘာသာပြန်၍ ပြည်တွင်းသို့ မိတ်ဆက်လာ၍ မိမိနိုင်ငံမှ ယဉ်ကျေးမှုအနှစ်သာရများလည်း ပြည်ပသို့ မိတ်ဆက်ပေးသွား၏။ တရုတ်နိုင်ငံ၌ ယဉ်ကျေးမှုအတွေးအခေါ်အရှိဆုံး ပုံနှိပ်တိုက်တစ်ခုအနေနှင့် ကွမ်ရှီးပညာရေးတက္ကသိုလ်ပုံနှိပ်တိုက်သည် အရှေ့တိုင်းဉာဏစာစဉ်ကို ထုတ်ဝေရန် စေ့စပ်စွာကြံဆကာ လက်တွေ့ဆောင်ရွက်လျက်ရှိသည်။ ဤသည်တို့မှာ တရုတ်ဘာသာပြန်လောက၊ ယဉ်ကျေးမှုလောက၏ လုပ်ငန်းကြီးတစ်ခု ဖြစ်သည့်အပြင် တရုတ်နှင့် အာဆီယံနိုင်ငံများ ကောင်းမွန်စွာဖလှယ်ရန်၊ အပြန်အလှန်နားလည်မှု တိုးမြင့်ရန် အကောင်းဆုံးနည်းလမ်းလည်းဖြစ်၏။ ကွမ်တုန်းနိုင်ငံခြားဘာသာနှင့်ပြည်ပကုန်သွယ်ရေးတက္ကသိုလ်၊ ကွမ်ရှီးတိုင်းရင်းသားလူမျိုးစုတက္ကသိုလ်တို့သည် ဘာသာပြန်တာဝန်ကို အဓိကထမ်းဆောင်သူများဖြစ်သည်။ ၎င်းတို့သည် နိုင်ငံတော် အသုံးနည်းသော နိုင်ငံခြားဘာသာစကား ပင်ရင်းဘာသာရပ် လူရည်ချွန်ပြုစုပျိုးထောင်ရေးစခန်းများဖြစ်ကြ၍ အာဆီယံနိုင်ငံများ၏ ဘာသာစကားနှင့်ပတ်သက်၍ ဘာသာပြန်လုပ်ရန် အားသာချက်ရှိသည်။ သက်ဆိုင်ရာဌာနသုံးခု၏ ပူးပေါင်းဆောင်ရွက်မှုသည် အကျိုးရလဒ် များစွာရရှိနိုင်မည်ဖြစ်၍ အာဆီယံနိုင်ငံများသို့ တရုတ်ယဉ်ကျေးမှုကို ကောင်းမွန်စွာ ပြန့်ပွားစေနိုင်ပါသည်။

ကုလသမဂ္ဂပညာရေး၊ သိပ္ပံ၊ ယဉ်ကျေးမှုအဖွဲ့(UNESCO) မှ တာဝန်ရှိသူက ယဉ်ကျေးမှုဖလှယ်ရေးသည် ဂလိုဘယ်လိုက်ဇေးရှင်းဆိုင်ရာ ဖြစ်ရပ်သစ်တစ်မျိုး ဖြစ်သည်ဟု ယူဆပါသည်။[1] ကျွန်တော်တို့သည် ဤသမိုင်းရေစီးကြောင်းနှင့် ခေတ်ပြောင်းလဲခြင်းအခြေအနေအရ တတ်နိုင်သမျှကြိုးစားပါမည်။

ဤစာကလေးကို နိဒါန်းအဖြစ် ဦးစွာရေးထားပါ၏။

လျူကျိချန်

၂၀၁၅ ခုနှစ်။ ဇန်နဝါရီလ၊ ၂၅ ရက်

[1] ကမ္ဘာယဉ်ကျေးမှု၏အရှေ့အာရှရှုထောင့်စာအုပ်မှ ကုလသမဂ္ဂပညာရေး၊ သိပ္ပံ၊ ယဉ်ကျေးမှုအဖွဲ့ ယဉ်ကျေးမှုပေါ်လစီနှင့် ယဉ်ကျေးမှုကူးလူးဖလှယ်ခြင်းဦးစီးဌာန ညွှန်ကြားရေးမှူးချုပ် ကတ်ရီန ထေစနို၏မိန့်ခွန်း၊ ပီကင်းတက္ကသိုလ်ပုံနှိပ်တိုက်၊ ၂၀၀၄ ခုနှစ်၊ စာမျက်နှာ– ၃။

唐诗选译

ထန်ခေတ်ကဗျာလက်ရွေးစင်ဘာသာပြန်

前　言

唐代是中国古代封建王朝的辉煌时代，社会开放包容，文化兼收并蓄，经济繁荣稳定，社会氛围昂扬自信。唐代又是一个浪漫的时代，那个时代的士子可以凭借文学才华创作优秀的诗歌取得社会和君王的青睐，甚至可以借此走上仕途。因为在那个时代，诗歌是上自君王、下至平民普遍热爱的文学形式，不仅读书人，连僧人、道士、宫女、歌妓都能吟唱或欣赏诗歌。在唐代，诗歌不仅在国内受到追捧，甚至流传到日本及其他周边国家。唐代诗人名家辈出，诗歌成就巨大，流传下来的唐诗有五万首左右，诗人有两千多家，在诗歌领域取得了辉煌的成就。唐诗在近三百年的历史中，有约定俗成的分期，这就是所谓“四唐说”——初唐、盛唐、中唐和晚唐。随着唐代社会的发展和时代状况的变化，唐诗也呈现出不同的发展阶段。

在初唐诗坛上，尽管人们反对华靡浮艳的文风，但占据主导地位的，依然是以上官仪为代表的讲究诗歌对仗和华丽绮靡的“上官体”。这类诗歌盛行固然有唐太宗等帝王喜爱和支持的因素，但从根本来说，是齐梁以来诗歌风格的延续，是诗歌自身发展的规律决定的。“初唐四杰”的王勃、杨炯、卢照邻、骆宾王崛起于诗坛，提出轻“绮碎”、重“骨气”的主张，意味着唐代诗风的转变。他们或高唱从军报国的壮志，或抒发自己怀才不遇的悲愤，以文章名扬天下，使诗歌的题材内容扩大了，使诗歌的思想感情也开始变化了。而武后时代出现的陈子昂，高举诗歌革新的旗帜，提出了“兴寄”“风骨”，创作了流传后世的感遇诗和怀古诗，最终改变了齐梁以来的华艳风习，端正了唐诗发展的方向。

盛唐诗坛上，唐诗的发展达到了繁荣的顶峰。社会出现兴旺发达的局面，人们表现出昂扬向上的精神，社会洋溢着乐观自信的风貌，诗坛上更是明星璀璨。这个时期出现了以王维、孟浩然为代表的盛唐山水田园诗派，他们以优美诗意的笔触，或描绘宁静的山水田园，或书写闲适的退隐生活，使晋宋以来形成的山水、田园诗更加丰富多彩。与山水田园诗人并驾齐驱的是盛唐边塞诗派，以高适、岑参为代表，在他们之前还有王之涣、李颀、王昌龄等诗人。他们用诗歌表达渴望建功边塞的人生理想，抒发戍边将士浴血奋战、无畏生死的激昂情怀，同时也描绘壮观奇异的边塞风光，征人戍卒的思乡幽怨，诗风壮丽，情调昂扬。李白和杜甫是盛唐诗坛上光辉夺目的双子星座。天才诗人李白在诗歌中以热烈的情怀高唱高远的人生理想，也以宣泄的方式表达自己理想遭遇挫折的悲伤，他的诗歌气势充沛，感情浓烈，充满了浪漫主义色彩。杜甫生在唐王朝由盛转衰的阶段，他心怀天下，忧国忧民，创作了大量反映安史之乱前后社会状况的诗歌，被称为“诗圣”。他的诗歌感情沉郁，表达方式委婉曲折，尤其律诗取得了巨大的成就。

中唐诗坛，依然人才辈出，虽然唐王朝经历了一场巨大的社会动荡，但依旧有很多优秀的诗人涌现，吟唱出属于他们自己的风格和声音。最先出现的是所谓“大历十才子”这样一群寄情细腻、诗风清丽的诗人，还包括了刘长卿、韦应物等著名诗人。之后出现的是诗风特异、追求奇险风格的韩孟诗派，以韩愈、孟郊为代表，包括贾岛、姚合、卢仝、李贺等，他们互相唱和，注重“苦吟”，在诗歌的技巧上求新求异。还有一派诗人被称为元白诗派，以元稹、白居易为代表，还有李绅、张籍、王建等，他们倡导新乐府运动，以诗歌来揭露社会问题，希望引起统治者的重视。其中白居易的诗歌浅显易懂，受到帝王及民众的喜爱，还流传到日本，他的《长恨歌》和《琵琶行》写得尤为精彩。中唐还有两位被贬谪到偏远地区的诗人刘禹锡、柳宗元，刘禹锡的怀古诗尤为精彩，柳宗元的表现贬谪之悲的诗歌也取得了很高的艺术成就。

晚唐诗坛，社会走向没落，这给晚唐诗人的心灵蒙上了一层浓厚的阴影。但这个时期依然出现了大量优秀的诗人，其中被称为“小李杜”的两位诗人——杜牧、李商隐，成就尤为突出。杜牧不仅有很好的文学才华，也颇具政治和军事才干，他在诗歌中表达了自己远大的理想和抱负，同时写了很多著名的咏史诗，表现对现实和历史的深沉思考。他的状景抒情诗也成就很高。李商隐一生仕途坎坷，郁郁不得志。他的诗歌词彩艳丽而又深情绵邈，有很多不能明言的痛苦只能以含蓄朦胧的方式来传达，创作了很多优秀的“无题”诗。

唐诗是诗歌史上不可逾越的巅峰，这些优秀的诗人们如同璀璨的明珠，在诗歌的长河中历久弥新。本书精选唐代诗歌 50 首，虽远不能呈现唐诗之风采于万一，但仍期冀能为热爱诗歌的读者提供一个优秀的选本，并为海外热爱唐诗的朋友提供一个较为易读的读物，从而领略唐代诗歌的风采和魅力。

ကျမ်းဦးစကား

ထန်ခေတ်သည် တရုတ် ရှေးပဒေသရာဇ်ခေတ်များတွင် အထွန်းတောက်ဆုံးကာလတစ်ခုဖြစ်သည်။ ထန်ခေတ် လူ့အဖွဲ့အစည်းသည် ပွင့်လင်းကာ လက်ခံနိုင်စွမ်းရှိသည်။ ယဉ်ကျေးမှုများကိုလက်ခံကာ စုစည်းနိုင်စွမ်းရှိသည်။ စီးပွားရေးတိုးတက်ကာ တည်ငြိမ်မှုရှိသည်။ လူ့အဖွဲ့အစည်းမှာလည်း စိတ်အားထက်သန်ကာ ယုံကြည်မှုရှိကြသည်။ ထန်ခေတ်သည် စိတ်ကူးယဉ် ကဗျာဆန်သောခေတ်တစ်ခုလည်း ဖြစ်သည်။ ထိုခေတ်မှပညာတတ်များသည် မိမိတို့တတ်မြောက်ထားသော ပညာများဖြင့် ထူးချွန်ကောင်းမွန်သော စာကဗျာများကိုဖန်တီးကာ လူ့အဖွဲ့အစည်းနှင့် ဘုရင်မင်းမြတ်တို့၏ ချစ်မြတ်နိုးမှုကို ရယူနိုင်ကြ၍ အရာရှိ၊ အရာထမ်းလောကသို့ပင် ဝင်ရောက်နိုင်ကြပါသည်။ အဘယ့်ကြောင့်ဆိုသော် စာကဗျာများသည် ထိုခေတ်တွင် ဘုရင်မင်းမြတ်မှအစ သာမန်ပြည်သူလူထုများအထိ နှစ်သက်မြတ်နိုးကြသော စာပေပုံစံတစ်ခုဖြစ်သည်။ စာပေလေ့လာသူများသာမက ဘုန်းတော်ကြီးများ၊ ရသေ့များ၊ နန်းတွင်းသူများ၊ ကချေသည်များပင်လျှင် ကဗျာသီဆိုခြင်း သို့မဟုတ် ကဗျာခံစားခြင်းများ ရှိခဲ့ပါသည်။ ထန်ခေတ်စာကဗျာများသည် တရုတ်ပြည်တွင်း၌သာမက ဂျပန်အစရှိသည့်ပတ်ဝန်းကျင်နိုင်ငံများသို့လည်း ပျံ့နှံ့ရောက်ရှိသွားခဲ့ပါသည်။ ထန်ခေတ်တွင် နာမည်ကျော်ကဗျာဆရာအများအပြားထွက်ပေါ်လာခဲ့၍ စာကဗျာများသည် အောင်မြင်မှုကြီးမားစွာ ရရှိခဲ့ပါသည်။ ယနေ့ခေတ်ထိ ကျန်ရှိနေသေးသော ထန်ခေတ်ကဗျာ အပုဒ်ပေါင်းငါးသောင်းခန့်ရှိ၍ ကဗျာဆရာနှစ်ထောင်ကျော် ပါဝင်ပါသည်။ ကဗျာနယ်ပယ်တွင် အထွန်းတောက်ဆုံးသော

အောင်မြင်မှုကို ရရှိခဲ့ပါသည်။ ထန်ခေတ်ကဗျာများသည် နှစ်ပေါင်း (၃၀၀) ခန့် သမိုင်းကာလအတွင်း ခေတ်ကာလအပိုင်းအခြားများ ရှိပါသည်။ ထိုခေတ်ကာလများမှာ ထန်ခေတ်လေးပိုင်းဟု ခေါ်ဆိုကြသည့် ထန်ခေတ်အစောပိုင်း၊ ထန်ခေတ်အတက်ပိုင်း၊ ထန်ခေတ်အလယ်ပိုင်းနှင့် ထန်ခေတ်နှောင်းပိုင်းတို့ ဖြစ်ကြပါသည်။ ထန်ခေတ် လူ့ဘောင်အဖွဲ့အစည်း၏ တိုးတက်မှုနှင့် ခေတ်ကာလအခြေအနေများ၏ ပြောင်းလဲမှုများအရ ထန်ခေတ်စာကဗျာများသည်လည်း မတူညီသော တိုးတက်မှု အချိန်အပိုင်းအခြားများတွင် ပေါ်ထွက်ခဲ့ကြပါသည်။

ထန်ခေတ်ဦးပိုင်းကဗျာလောကတွင် လူများမှတန်ဆာဆင်ထားသော ကဗျာမျိုးကို ကန့်ကွက်ကြသော်လည်း အဓိကနေရာတွင် ရှိနေသည်မှာ ရှန့်ကွမ်းယီ (Shang Guan Yi) ဦးဆောင်သော ကဗျာများကို ကာရန်နှင့် အလှဆင်တတ်သော ရှန့်ကွမ်း (Shang Guan) ပုံစံများဖြစ်ပါသည်။ ဤအမျိုးအစား ကဗျာများ ခေတ်စားလာခြင်းသည် ထန်ထိုက်ဇုန်း (Tang Taizong) ကဲ့သို့သော ဘုရင်များက နှစ်သက်ကာ အားပေးကြသောကြောင့်လည်း ဖြစ်ပါသည်။ သို့သော်လည်း အရင်းအမြစ်ကို ပြောရမည်ဆိုလျှင် ချီ (Qi)၊ လျန် (Liang) ခေတ်များမှ စတင်ခဲ့သည့် ကဗျာပုံစံများကို ဆက်ခံလာမှုသည် ကဗျာများကိုယ်တိုင် တိုးတက်လာမှု၏ နိယာမများက ဆုံးဖြတ်ခြင်းဖြစ်သည်။ ထန်ခေတ်ဦး ကဗျာလေးဖော်ဖြစ်သော ဝမ်ပေါ် (Wang Bo)၊ ရန်ကျုန် (Yang Jiong)၊ လူကျောက်လင် (Lu Zhaolin)၊ လော့ပင်းဝမ် (Luo Binwang) တို့သည် ကဗျာလောကမှ နာမည်ကျော်ကြား တိုးတက်လာခြင်း ဖြစ်ကြသည်။ ၎င်းတို့က ကဗျာဆရာများသည် အပိုစာသားများကို အလေးမပေးဘဲ အားမာန်ပါမှုကိုသာ အလေးပေးသင့်သည်ဟု တိုက်တွန်းကြ၍ ထန်ခေတ်ကဗျာများ ရေးသားဟန်ပြောင်းလဲလာမှုကိုလည်း ထင်ဟပ်စေပါသည်။ ၎င်းတို့သည် နိုင်ငံချစ် မြတ်နိုးသော ပြည်ချစ်တေးများ၊ မိမိတွင် ပညာရှိသော်လည်း အလေးပေးမခံရသည့် ခံစားမှုများကိုဖော်ထုတ်ကာ စာပေရေးသားခြင်းဖြင့် နာမည်ကျော်ကြားလာခဲ့ကြကာ ကဗျာအကြောင်းအရာများကို ပိုမိုများပြားလာစေ၍ ကဗျာများ၏ အတွေးအခေါ်၊ ခံစားမှုများ စတင်ပြောင်းလဲလာပါတော့သည်။ သို့သော် ဝူဇယ်ထျန်း (Wu Zetian) ဘုရင်မကြီးလက်ထက်တွင် ပေါ်ပေါက်ခဲ့သော ချိန်ဇီအန် (Chen Zi'ang)သည် စာကဗျာများ အသစ်ပြုပြင်ရေးဟူသည့် အလံကိုကိုင်ဆောင်ကာ အသစ်ဖြစ်ထွန်းခြင်း၊ အညံ့မခံအရှုံးမပေးသော စိတ်ဓာတ်ထားခြင်းများကိုဖော်ထုတ်ခဲ့၍ နောင်ကာလများသို့တိုင် ပျံ့နှံ့ဝင်ရောက်ခဲ့သော ကျေးဇူးတရားကဗျာများနှင့် ရှေးသို့တမ်းတသော ကဗျာများကို ဖန်တီးခဲ့သည်။ နောက်ဆုံးတွင် ချီ (Qi) ခေတ်၊ လျန် (Liang) ခေတ်များမှ ပေါ်ပေါက်ခဲ့သော အလှဆင်မှုပုံစံများကို ပြုပြင်လိုက်ကာ ထန်ကဗျာများ၏ တိုးတက်မှုလမ်းကြောင်းကို တည့်မတ်ပေးခဲ့သည်။

ထန်ခေတ်အတက်ပိုင်း ကဗျာလောကကြီးတွင် ထန်ခေတ်ကဗျာများ၏ တိုးတက်မှုသည် အတောက်ပဆုံးအချိန်၏ အထွတ်အထိပ်ကို ရောက်ရှိလာခဲ့ပါသည်။ လူ့ဘောင်အဖွဲ့အစည်းသည်လည်း တိုးတက်သောအနေအထားသို့ ရောက်ရှိလာကာ ပြည်သူတို့သည်လည်း တိုးတက်လိုသောစိတ်များကို ပြသလာကြပါသည်။ လူ့ဘောင်အဖွဲ့အစည်းတွင် အကောင်းမြင်ကာ ယုံကြည်မှုရှိသောအသွင်သဏ္ဌာန်များ ဖြစ်ပေါ်နေ၍ ကဗျာလောကတွင် နာမည်ကျော်သူများ ပိုမိုများပြားလာပါသည်။ ဤအချိန်ကာလတွင် ဝမ်ဝေ (Wang Wei)၊ မုန့်ဟောက်ရန် (Meng Haoran) တို့ ခေါင်းဆောင်သော ထန်ခေတ် တောတောင်ရေမြေကဗျာဂိုဏ်း ပေါ်ပေါက်လာပါသည်။ ၎င်းတို့သည် လှပသောအရေးအသားများဖြင့် အေးချမ်းသော တောတောင်ရေမြေများကို သရုပ်ဖော်ခြင်းသို့မဟုတ် ငြိမ်းချမ်းသာယာသည့် ဖော့ဟော်မြုပ်နေထိုင်မှုဘဝများကို ရေးသားခြင်းဖြင့် ကျင့် (Jin) ခေတ်၊ စုန့် (Song) ခေတ်များတွင် ထွက်ပေါ်ခဲ့သည့် တောတောင်ရေမြေကဗျာများကို ပိုမိုများပြား လှပစေခဲ့ပါသည်။ တောတောင်ရေမြေ ကဗျာဆရာများနှင့် အပြိုင်ဖြစ်ခဲ့သည်မှာ ထန်ခေတ် နယ်ခြားကဗျာဂိုဏ်းဖြစ်သည်။ ကောင်းရှစ် (Gao Shi)၊ ချန်ရှန်း (Cen Shen) တို့ခေါင်းဆောင်ပါသည်။ ၎င်းတို့ရှေ့တွင် ဝမ်ကျီးဟွမ့် (Wang Zhihuan)၊ လီချီ (Li Qi)၊ ဝမ်ချန်းလင် (Wang Changling) စသည့် ကဗျာဆရာများ ရှိခဲ့ပါသည်။ ၎င်းတို့သည် နယ်ခြားတွင် နိုင်ငံ့ဂုဏ်ဆောင်လိုသည့် မျှော်မှန်းချက်ကို ကဗျာဖြင့်ဖော်ပြကာ နယ်ခြားစစ်သည်များ၏ အားကြိုးမာန်တက် တိုက်ပွဲဝင်ကြပုံ၊ အသက်သေမည်ကိုမကြောက်ဘဲ ရဲဝံ့စွန့်စားကြပုံများကိုလည်း ရေးဖွဲ့ထားကြသည်။ ထည်ဝါခမ်းနား ထူးခြားလှသည့် နယ်ခြားဒေသ၏ အလှအပများ၊ စစ်သည်များ၏ ဇာတိမြေအလွမ်းများကိုလည်း တစ်ပါတည်း သရုပ်ဖော်ထားကြပါသည်။ ကဗျာစာသားလှပကာ ခံစားချက်များပြင်းထန်သည်။ လီပိုင် (Li Bai) နှင့်တုဖူ (Du Fu) တို့သည် ထန်ခေတ် အတက်ပိုင်း ကဗျာလောကတွင် အတောက်ပဆုံးသော ကြယ်နှစ်ပွင့်ဖြစ်သည်။ ပါရမီရှင် ကဗျာဆရာလီပိုင် (Li Bai) သည် ကဗျာများအတွင်း၌ ပြင်းပြသော ရင်တွင်းခံစားချက်များဖြင့် မြင့်မားသော ဘဝမျှော်လင့်ချက်များကို စပ်ဆိုထားသည့်အပြင် ရင်ဖွင့်ပြသည့်သဘောဖြင့်လည်း မိမိ၏မျှော်လင့်ချက်များ အရေးနိမ့်မှုကြောင့် ဝမ်းနည်းမှုများကို ရေးဖွဲ့တင်ပြထားပါသည်။ ၎င်း၏ကဗျာများသည် အလွန်အားအင်ပြည့်ဝ၍ ခံစားချက်အပြည့်ဖြင့် စိတ်ကူးယဉ်ဆန်သော ဝါဒသဘောတရားများ အပြည့်အဝ ပါဝင်နေပါသည်။တုဖူ (Du Fu) သည် ထန်ခေတ်၏ ကြီးကျယ်ခမ်းနားမှုကျဆုံးသောအပိုင်းအခြားတွင် မွေးဖွားလာသူဖြစ်သည်။ ၎င်းသည် နိုင်ငံကိုချစ်ကာ ပြည်သူကို မြတ်နိုးသူဖြစ်သည်။ အန်းရှစ်အရှုပ်တော်ပုံ (အန်းလုရှမ်းနှင့် ရှစ်စီးမင်းဟူသော အထက်စစ်သူကြီးနှစ်ဦးခေါင်းဆောင်၍ ထန်ဘုရင်ကို ဆန့်ကျင်သောတိုက်ပွဲ)၏ ရှေ့ပိုင်း

နောက်ပိုင်း ဖြစ်ပျက်မှုအခြေအနေများကို ပေါ်လွင်စေသည့်ကဗျာများကို ရေးဖွဲ့ခဲ့ကာ ၎င်းကို ကဗျာဝိဇ္ဇာအဖြစ် တင်စားကြပါသည်။ ၎င်း၏ကဗျာများသည် ခံစားချက်များလေးနက်ကာ တင်ပြပုံနည်းလမ်းမှာလည်း ပျော့ပျောင်းညင်သာမှု ရှိပါသည်။ အထူးသဖြင့် ရေးဟောင်းကာရန်ကိုက်ကဗျာများသည် အထူး အောင်မြင်မှုရရှိခဲ့ပါသည်။

ထန်ခေတ်လယ်ပိုင်း ကဗျာလောကတွင်လည်း လူတော်များ ထွက်ပေါ်ဆဲဖြစ်ပါသည်။ ထန်မင်းဆက်သည် ကြီးမားသော လူ့အဖွဲ့အစည်းလှုပ်ရှားမှုကြီးကို ဖြတ်ကျော်ခဲ့ရသော်လည်း ထူးချွန်သော ကဗျာဆရာများသည် ထွက်ပေါ်ဆဲပင်ဖြစ်သည်။ ၎င်းတို့၏ ကိုယ်ပိုင်ပုံစံနှင့် မိမိတို့ဖော်ပြလိုသော ခံစားချက်များကို ကဗျာဖြင့်ရွတ်ဆိုလျက် ရှိကြပါသည်။ ပထမဦးစွာ ပေါ်ထွက်လာသည်မှာ ထန်ခေတ် တာ့လိ (Da Li) နှစ် ပါရမီရှင်ဆယ်ဦးဟူသည့် အရေးအသား သေသပ်သောကဗျာပုံစံကို လှပစွာရေးဖွဲ့သော ကဗျာဆရာများ ဖြစ်ကြသည်။ လျိုချန်ချင်း (Liu Changqing)၊ ဝေရင့်ဝူ (Wei Yingwu) စသည့် ကဗျာဆရာများလည်း ပါဝင်ပါသည်။ ထပ်မံထွက်ပေါ်လာသည်မှာ ကဗျာ အရေးသား တစ်မူထူးခြားကာ ထူးခြားဆန်းပြားစွာရေးဖွဲ့သည့် ဟန်မုန့် (Han Meng) ကဗျာဂိုဏ်းများဖြစ်သည်။ ဟန်ယွိ (Han Yu)၊ မုန့်ကျောင်း (Meng Jiao) တို့ခေါင်းဆောင်ကာ ကျာတောင် (Jia Dao)၊ ယောင်ဟယ် (Yao He)၊ လူထုန် (Lu Tong)၊ လီဟယ့် (Li He) စသည်တို့ပါဝင်၍ ၎င်းတို့သည် တစ်ဦးကိုတစ်ဦး ထောက်ခံအားပေးကြ၍ ကဗျာရေးဖွဲ့ရာတွင် သနားစဖွယ်ရွတ်ဆိုခြင်းကို အလေးထားကြသည်။ ကဗျာရေးဖွဲ့မှု နည်းလမ်းပိုင်းတွင် မတူညီသောအသစ်များကို တီထွင်လိုခဲ့ကြပါသည်။ အခြားကဗျာ ဂိုဏ်းတစ်ခုမှာ ယွမ်ပိုင် (Yuan Bai) ကဗျာဂိုဏ်းဟု ခေါ်ကြ၍ ယွမ်ကျန် (Yuan Zhen)၊ ပိုင်ကျွီးယိ (Bai Juyi) တို့ခေါင်းဆောင်ကာ လီရှင်း (Li Shen)၊ ကျန်းကျိ (Zhang Ji)၊ ဝမ်ကျန့် (Wang Jian) တို့လည်း ပါဝင်ကြပါသည်။ ၎င်းတို့သည် ရှင်းယွဲ့ဖူလှုပ်ရှားမှု (ရှေးခေတ်ကဗျာရေးနည်းကို အတုယူ၍ ကဗျာပုံစံကို ပြုပြင်ပြောင်းလဲသောလှုပ်ရှားမှု) ကို အားပေးကြကာ ကဗျာများဖြင့် လူ့အဖွဲ့အစည်းပြဿနာများကို ထုတ်ဖော်ကာ အုပ်ချုပ်သူများ၏ အလေးထားလာမှုကိုရရန် မျှော်လင့်လုပ်ဆောင်ခဲ့ကြပါသည်။ ထိုသူများအနက် ပိုင်ကျွီးယိ (Bai Juyi) ၏ စာကဗျာများသည် နားလည်ရလွယ်ကူကာ ဘုရင်မင်းမြတ်နှင့် ပြည်သူများ၏ ကြိုက်နှစ်သက်မှုကို ခံယူရပါသည်။ ဂျပန်သို့တိုင်အောင် ပျံ့နှံ့ရောက်ရှိသွားပါသည်။ ၎င်း၏ "အမုန်းရှည်တေး" နှင့် "ဗျပ်စောင်းလင်္ကာ" တို့သည် အရေးအသား အလွန်ကောင်းမွန်လှပါသည်။ ထန်ခေတ်အလယ်ပိုင်းတွင် ဝေးလံသောဒေသသို့ နယ်နှင်ဒဏ်ပေးခံရသော ကဗျာဆရာနှစ်ဦးဖြစ်သည့် လျိုယွီရှိ (Liu Yuxi) နှင့်လျိုဇုန်းယွမ် (Liu Zongyuan) တို့တွင် လျိုယွီရှိ (Liu Yuxi) ၏ ရှေ့သို့တမ်းတသော ကဗျာများသည် အလွန်ကောင်းမွန်ပါသည်။ လျိုဇုန်းယွမ် (Liu

Zongyuan) ၏နယ်နှင်ဒဏ်ခံရသော ဝမ်းနည်းမှုကိုဖော်ပြသော ကဗျာများသည်လည်း အနုပညာအောင်မြင်မှုကို မြင့်မားစွာ ရရှိခဲ့ပါသည်။

ထန်ခေတ်နှောင်းပိုင်းတွင် လူ့အဖွဲ့အစည်း ပျက်စီးယိုယွင်းသည့် အခြေအနေသို့ ရောက်ရှိလာသောကြောင့် ထန်ခေတ်နှောင်းပိုင်း ကဗျာဆရာများ၏ စိတ်နှလုံးကို အမှောင်လွှာတစ်လွှာ ဖုံးလွှမ်းခဲ့ပါသည်။ သို့သော် ဤခေတ်အခါမှာပင် ထူးချွန်သော ကဗျာဆရာများ အများအပြား ပေါ်ထွက်ခဲ့ကာ ၄င်းတို့အနက် လီတုလေးဟုခေါ်သော ကဗျာဆရာနှစ်ဦးဖြစ်သည့် တုမု(Du Mu)၊ လီရှန်းယင် (Li Shangyin) တို့သည် ပိုမို၍ ထူးချွန်ပြောင်မြောက်ခဲ့ပါသည်။ တုမု (Du Mu) သည် အလွန်ကောင်းမွန်သော စာပေ အရည်အချင်း ရှိရုံသာမက အုပ်ချုပ်ရေးနှင့် စစ်ရေးအမြင်များလည်း ရှိသည်။ ကဗျာအတွင်း၌ ၄င်း၏ကြီးမားသောမျှော်လင့်ချက်နှင့် ဆန္ဒများကိုဖော်ပြထားကာ တစ်ချိန်တည်းမှာပင် နာမည်ကျော်ကြားသော သမိုင်းဘွဲ့ကဗျာများကိုလည်း ရေးဖွဲ့ခဲ့ပါသည်။ လက်တွေ့နှင့် သမိုင်းအပေါ် နက်ရှိုင်းစွာ တွေးတောခဲ့မှုကို ဖော်ပြနေပါသည်။ ၄င်း၏ ရှုခင်းမှတစ်ဆင့် ခံစားချက်များကို ဖော်ပြနိုင်သော မေတ္တာရောင်ပြန် ကဗျာများသည်လည်း အောင်မြင်မှု များစွာ ရရှိခဲ့ပါသည်။ လီရှန်းယင် (Li Shangyin) ၏ ဘဝတစ်လျှောက်တွင် အခက်အခဲမျိုးစုံ ကြုံတွေ့ရကာ အဆင်မပြေမှုများဖြင့်သာ ပြည့်နေခဲ့ပါသည်။ ၄င်း၏ကဗျာများသည် လှပ ရုံသာမက ခံစားချက်လေးနက်မှုရှိကာ ပျော့ပျောင်းနူးညံ့မှုရှိသည်။ မဖော်ပြနိုင်သော ဝမ်းနည်းမှုများကို သွယ်ဝိုက်ဖော်ပြကာ ထူးချွန်ကောင်းမွန်သော ခေါင်းစဉ်မဲ့ကဗျာများကို ဖန်တီးခဲ့ပါသည်။

ထန်ခေတ်ကဗျာများသည် ကဗျာသမိုင်းတစ်လျှောက်တွင် ကျော်ဖြတ်သွား၍မရသော တောင်ထွတ်တစ်ခုဖြစ်သည်။ ဤကဲ့သို့ ထူးချွန်သည့် ကဗျာဆရာများသည် လင်းလက်တောက်ပသော ပုလဲလုံးများအလား ကဗျာသမိုင်းကြောင်းတွင် ကြာရှည်စွာ တည်ရှိနေကြဦးမည်ဖြစ်ပါသည်။ ဤစာအုပ်တွင် ထန်ခေတ်ကဗျာပေါင်း (၅၀) ကို ရွေးချယ်ထားပါသည်။ ထန်ခေတ် ကဗျာမူဟန်များ၏ တစ်သောင်းပုံတစ်ပုံကိုပင် မဖော်ပြနိုင်သော်လည်း ကဗျာများကို ချစ်မြတ်နိုးကြသည့် စာဖတ်သူများအတွက်မူ ရွေးချယ်ရန် အကောင်းဆုံးစာအုပ်တစ်အုပ်ဖြစ်မည်ဟု မျှော်လင့်ထားပါသည်။ ပင်လယ် ရပ်ခြားမှ ထန်ခေတ်ကဗျာ ချစ်မိတ်ဆွေများ အတွက်လည်း ဖတ်ရှုရန် ပိုမိုလွယ်ကူ ကောင်းမွန်သော စာအရေးအသားဖြင့် ပြန်လည်ရေးသား ထုတ်ဝေပေးထားသည့်အတွက် ထန်ခေတ်ကဗျာများ၏မူဟန်နှင့် ဆွဲဆောင်မှုများကို ခံစားရနိုင်မည်ဖြစ်ပါသည်။

目　录

မာတိကာ

1.《送杜少府之任蜀川》王勃

【原文】

城阙辅三秦，风烟望五津。与君离别意，同是宦游人。海内存知己，天涯若比邻。无为在歧路，儿女共沾巾。

【释文】

辽阔的三秦之地辅卫着长安城的城垣、宫阙，隔着迷蒙的风烟我遥望着您将去往的蜀川五津。当下要与您告别，心中有无限的意绪。且按下不说吧，因为我们都是远离故土、宦游他乡之人，此次之别，也是客中之别，又何必伤感！何况你我友情深厚，彼此相知，即使远隔天涯海角，又与互为比邻有什么区别？不必要在分手的岔路口，像那些小儿女一样哭哭啼啼，泪湿衣襟了。

1. တုရှောင့်ဖုကို ရှုချွမ်းဒေသသို့ အမှုထမ်းရန် လိုက်ပို့ခြင်း

ဝမ်ပေါ် (Wang Bo)

ကျယ်ပြောလှသော စန်းချင်ဒေသ(လက်ရှိရှန်ရှီးပြည်နယ်တွင် တည်ရှိသည်)သည် ချန်အန်းမြို့၏ မြို့ရိုး၊ နန်းဆောင်များ ကို ကာကွယ်ပေးလျက်ရှိသည်။ မှုန်ဝါးဝါးမြူမှုန်များကြားမှ သင်သွားရောက်မည့် ရှုချွမ်းဒေသသို့ မျှော်ကြည့်မိပါသည်။ သင်နှင့်နှုတ်ဆက်ခွဲခွာရတော့မည်ဖြစ်၍ စိတ်တွင်း၌ ပြောရန်စကားများ အမြောက်အမြားရှိနေပါသည်။ သို့သော်လည်း ရှိပါစေတော့။ ကျွန်ုပ်တို့သည်ဇာတိမြေကိုခွဲခွာကာ အခြားဒေသသို့ အမှုထမ်းသွားရမည်ဖြစ်သောကြောင့် ဤတစ်ကြိမ်သည် ဇည့်သည်အနေဖြင့် ယာယီခွဲခွာခြင်းသာဖြစ်၍ ဝမ်းနည်းနေရန် မလိုအပ်ပါ။ ထို့ပြင် ကျွန်ုပ်တို့ နှစ်ဦး၏မိတ်ဆွေသံယောဇဉ်မှာ နက်ရှိုင်းလှသဖြင့် အဝေးတွင်ရောက်နေသော်လည်း အနီးတွင်ရှိနေသည်နှင့် မည်သို့မျှမကွာခြားပါ။ ခွဲခွာခါနီးအချိန်တွင် မိန်းမပျိုများကဲ့သို့ တငိုငိုတရယ်ရယ်နှင့် မျက်ရည်သုတ်နေရန် မလိုအပ်ပါ။

【解析】

这是“初唐四杰”之一王勃在长安供职时写的一首送别诗。一位姓杜的朋友将要去蜀地做官，王勃写了这首诗为他送行。首联写景壮阔，微露伤别之感。颔联道别，作安慰之辞。颈联忽境界开阔，以豁达的心胸和姿态表达了知己之间即使远隔天涯海角，依然心灵相通的豪迈，自铸伟词，成为千古名句，令离别的感伤也从婉转纤弱变得爽朗洒脱起来。尾联紧承上联，以劝慰杜少府作结。这首诗是送别诗中的名作，在诸多“黯然神伤”的送别诗中独具一格，令人赞叹。

【ရှင်းလင်းချက်】

ထန်ခေတ်ဦး ကဗျာလေးဖော်တွင်းမှ ဝမ်ပေါ် (Wang Bo) သည် ချန်အန်း၌ တာဝန်ထမ်းဆောင်နေချိန်တွင် ရေးသားထားသော နှုတ်ဆက်ကဗျာတစ်ပုဒ်ဖြစ်သည်။ တုမျိုးနွယ်မိတ်ဆွေတစ်ဦးသည် ရှုဒေသသို့ သွားရောက်အမှုထမ်းရမည်ဖြစ်၍ ဝမ်ပေါ် (Wang Bo) သည် ဤကဗျာနှင့် ထိုမိတ်ဆွေကို နှုတ်ဆက်ခြင်းဖြစ်သည်။ ပထမအပိုဒ်တွင် ရေးဖွဲ့သောရှုခင်းသည် ခန့်ညားထယ်ဝါ တင့်တယ်လှပကာ ခွဲခွာရခြင်းကြောင့် ဝမ်းနည်းမှုကို အနည်းငယ် ခံစားနေရပါသည်။ ဒုတိယအပိုဒ်တွင် နှုတ်ဆက်စကားပြောကာ နှစ်သိမ့်ပေးထားပါသည်။ တတိယအပိုဒ်တွင် စိတ်နှလုံး ရုတ်တရက်ပွင့်လင်းလာ၍ သဘောထားကြီးသောစိတ်ထားဖြင့် မိတ်ဆွေအချင်းချင်း ရေခြားမြေခြားနေရသော်လည်း စိတ်နှလုံးချင်း နီးစပ်နေသည့်ခံစားမှုကို ရေးဖွဲ့ထားသည်။ ကြီးမြတ်သော စကားလုံးများဖြင့် နာမည်ကျော်ခဲ့ပါသည်။ ခွဲခွာခြင်းကြောင့် ခံစားရသည့် ဝမ်းနည်းမှုများသည် တဖြည်းဖြည်းချင်းလျော့ပါးကာ ပေ့ါပါးသွက်လက်မှုကို ပြန်လည်ရရှိစေခဲ့ပါသည်။ နောက်ဆုံးအပိုဒ်သည် အထက်ရှိအပိုဒ်ကို ဆက်၍စပ်ဆိုထားခြင်းဖြစ်ကာ တုရှောင့်ဖူကို နှစ်သိမ့်ထားခြင်းဖြင့် အဆုံးသတ်ထားပါသည်။ ဤကဗျာသည် နှုတ်ဆက်ကဗျာများတွင် နာမည်ကျော်ကဗျာဖြစ်သည်။ များပြားလှစွာသော ဝမ်းနည်းဖွယ် နှုတ်ဆက်ကဗျာများတွင် မတူထူးခြားကွဲပြားကာ အံ့သြဖွယ်ကောင်းသော ကဗျာတစ်ပုဒ်ဖြစ်သည်။

唐詩選譯

2.《登幽州台歌》陈子昂

【原文】

前不见古人，后不见来者。念天地之悠悠，独怆然而涕下。

【释文】

像燕昭王那样的古代明君已不可见，后代礼贤下士的未来君王也不及见，我陈子昂真是生不逢时。站在幽州台上，看天地寥廓，时空悠悠，一种强烈的孤独感充斥我心，令我不禁悲从中来，泫然流泪了。

2. ရိုးကျိုးမျှော်စင်ပေါ်တက်၍ ကဗျာစပ်ဆိုခြင်း

ချိန်ဇီအန် (Chen Zi'ang)

ယန့်ကျောင်းဝမ် (Yan Zhaowang) ကဲ့သို့သော ရှေးခေတ် ဘုရင်မင်းကောင်းမျိုးကို တွေ့ရန်မလွယ်ကူတော့ပေ။ ပညာရှင်များကို အလေးထားသော နောင်လာမည့် မင်းကောင်းမင်းမြတ်များလည်း မီနိုင်မည်မထင်ပါ။ ကျွန်ုပ်ချိန်ဇီအန် (Chen Zi'ang) မွေးလာသည့်ခေတ်မှာ အမှန်တကယ်ပင် ဆိုးရွားပါသည်။ ရိုးကျိုးမျှော်စင်ပေါ်တွင်ရပ်ကာ ဩကာသရှုခင်းကိုကြည့်၍ အချိန်များကုန်ဆုံးကာ ကျွန်ုပ်၏ရင်တွင် အထီးကျန်ခံစားချက်များ ပိုမိုပြင်းထန်လာနေပါသည်။ ဝမ်းနည်းမှုများဖြစ်ပေါ်လာကာ မျက်ရည်များပင် ကျလာပါတော့သည်။

【解析】

陈子昂是一位颇具政治才干和政治见识的诗人，他锐意进取，敢言直谏。万岁通天元年(696年)，武则天派建安王武攸宜出征契丹，陈子昂随军担任参谋。但武攸宜不晓军事，对陈子昂的计谋和建议不仅不予采纳，反将他降职。诗人一腔报国热忱接连受挫，因此登上蓟北楼（幽州台）写下了这首千古传诵的名作，追慕了在此地设黄金台招揽贤士的燕昭王，寄托了渴望得遇能够任用贤才的明君的心情。诗歌以巨大时空、广袤天地为背景，当中安置了怀才不遇的诗人自己，突出了诗人的孤独、寂寥、渺小和悲切。巨大背景与渺小人物的剧烈反差，意境中的空阔与寂寥，均给人以强烈的内心震撼和极强的画面感。尤其诗中表达的人生失意和寂寞苦闷，契合了古代怀才不遇人士的内心，故而获得了广泛的共鸣。

【ရှင်းလင်းချက်】

ချိန်ဇီအန် (Chen Zi’ang) သည် နိုင်ငံရေးလုပ်ရည်ကိုင်ရည်နှင့် နိုင်ငံရေးအမြင်ရှိ သောကဗျာဆရာတစ်ဦးဖြစ်သည်။ အကြောက်အရွံ့မရှိစကားကို ရဲဝံ့စွာပြောဆိုရဲသူဖြစ်သည်။ ဝူဇယ်ထျန်း (Wu Zetian) ဘုရင်မကြီးလက်ထက် ဝမ့်ဆွေ့ထုန်းထျန်းယွမ်နှစ် (၆၉၆ ခုနှစ်) တွင် ဝူဇယ်ထျန်းဘုရင်မကြီးက ကျန့်အန်းမင်းကြီး ဝူယိုးယီ (Wu Youyi) ကို ချီတန်း (Qidan) နိုင်ငံသို့ စစ်ထွက်ရန် စေလွှတ်ခဲ့သည်။ ချိန်ဇီအန်ကို စစ်ရေးအကြံပေးအဖြစ်တာဝန်ပေးအပ်လိုက်သည်။ သို့သော် ဝူယိုးယီသည် စစ်ရေးကိုနားမလည်ဘဲ ချိန်ဇီအန်၏နည်းပရိယာယ်နှင့် အကြံပေးမှုများကိုလက်မခံသည့်အပြင် ရာထူးချကာ အပြစ်ပေးလိုက်သည်။ ကဗျာဆရာတစ်ဦး၏ နိုင်ငံချစ်စိတ်များကို အဖိနှိပ်ခံရသဖြင့် ကျိုပေဇရပ်(ရှီးကျိုးမျှော်စင်) ပေါ်သို့ တက်ရောက်ကာ သမိုင်းတစ်လျှောက်တွင် နာမည်ကျော်ကြားသည့် ဤကဗျာကိုရေးဖွဲ့ခဲ့သည်။ ဤနေရာတွင် ရှေ့စင်မြင့်ဆောက်လုပ်ကာ ပညာရှင်များကို ဖိတ်ခေါ်ခဲ့သောယန့်ကျောင်းဝမ် (Yan Zhaowang) ဘုရင်ကို အမှတ်တရရှိမှုနှင့် ပညာရှင်များကိုလေးစားသော မင်းကောင်းမင်းမြတ်နှင့် တွေ့ဆုံလိုမှုဆန္ဒများကို ပေါ်လွင်စေပါသည်။ ကဗျာသည်ကျယ်ပြန့်လှသောမိုးမြေကို နောက်ခံအဖြစ်ထားကာ ထိုနောက်ခံတွင် ပညာကိုတန်ဖိုးထားသူနှင့် တွေ့ဆုံခွင့်မရသော မိမိကိုယ်ကို ထည့်သွင်းထားကာ ကဗျာဆရာ၏ အထီးကျန်ခြင်း၊ အဖော်မဲ့ခြင်း၊ သေးငယ်ခြင်းနှင့် ဝမ်းနည်းမှုတို့ကို ပေါ်လွင်စေပါသည်။ ကြီးမားသောနောက်ခံနှင့် သေးငယ်သော လူသားတို့၏ ကွဲပြားမှု၊ ခံစားချက်အတွင်းမှ ကျယ်ပြောမှုနှင့် အထီးကျန်မှုစသည်တို့သည် လူတို့၏အတွင်းစိတ်ကို ပြင်းထန်စွာလှုပ်ခတ်သွားစေကာရှင်းလင်းပြတ်သားစွာ တွေ့မြင်စေနိုင်ပါသည်။ အထူးသဖြင့် ကဗျာတွင်း၌ လူ့ဘဝ၏ဆုံးရှုံးမှုနှင့် အထီးကျန်ဆန်မှုများကို ဖော်ပြထားကာ ရှေးခေတ်ပညာရှင်များ၏ ထိုက်သင့်သော နေရာမရသည့် အခြေအနေများနှင့် ထပ်တူကျနေသည့်အတွက် ကြီးမားသော အားပေးမှုများကို ရရှိခဲ့ပါသည်။

3.《咏柳》贺知章

【原文】

碧玉妆成一树高，万条垂下绿丝绦。不知细叶谁裁出，二月春风似剪刀。

【释文】

春天的杨柳仿佛碧玉妆饰而成的一般青翠，垂下千万条如女子裙带一样飘逸的柳枝。这嫩绿的柳叶是谁的巧手裁出来的？原来是二月的春风如同那灵巧的剪刀，创作了这春天里的杰作啊。

【解析】

这是一首著名的咏物诗，贺知章笔下的春柳生机勃勃，美丽动人。诗中把杨柳比作一位身姿婀娜的美女，披拂的柳条就仿佛是她身上的裙带，随风舞动，是谁创造了这美丽呢？作者巧妙的构思就在这里，把大自然的鬼斧神工，以能工巧匠手中的剪刀作比，既生动又形象，这片片柳叶，这万紫千红的春天，可不就是大自然的剪刀裁出来的么？

3. မိုးမခပန်းသို့ တမ်းတခြင်း

ဟယ့်ကျစ်ကျန်း (He Zhizhang)

နွေဦးရာသီ၏ မိုးမခပင်များသည် ကျောက်စိမ်းများဖြင့် အလှဆင်ထားသည့် မြစိမ်းများကဲ့သို့ မိန်းမပျိုလေး၏ အင်္ကျီစလေးများလွင့်နေသကဲ့သို့ လွင့်ပျံနေပါသည်။ ဤကဲ့သို့ လှပသည့် မိုးမခရွက်လေးများကို မည်သူက ထွင်းထုထားပါသနည်း။ အမှန်စင်စစ် (၂) လပိုင်း၏ နွေဦးလေသည် သွက်လက်နေသည့် ကတ်ကြေးလေးကဲ့သို့ နွေဦးရာသီအတွင်း၌ လက်ရာကောင်းများကို ဖန်တီးနေခြင်းဖြစ်ပါသည်။

【ရှင်းလင်းချက်】

ဤကဗျာသည် နာမည်ကျော်ကြားသော အရာဝတ္ထုဘွဲ့ဖြစ်သည်။ ဟယ့်ကျစ်ကျန်း (He Zhizhang) ၏ ကလောင်အောက်မှ နွေဦးမိုးမခသည် အသက်ဝင်ကာ လှပနေပါသည်။ ကဗျာတွင် မိုးမခပင်ကို ကိုယ်ခန္ဓာအချိုးအစားလှပသော မိန်းမပျိုလေးတစ်ဦးအဖြစ် တင်စားကာ လွင့်ပျံနေသော မိုးမခအကိုင်းအခက်လေးများသည် ၎င်းမိန်းမလှလေး၏ကိုယ်ပေါ်မှ အင်္ကျီစလေးများကဲ့သို့ လေတွင်လွင့်ပျံနေခြင်းသည် မည်သူဖန်တီးသည့်အလှဖြစ် သနည်းဟု မေးသည့်အနေဖြင့် ရေးဖွဲ့ထားပါသည်။ ကဗျာဆရာ၏ ထူးခြားသောအတွေးမှာ ဤနေရာတွင် ပေါ်လွင်နေပါသည်။ သဘာဝတရားကြီး၏ အလှတရားကို လက်သမားဆရာတို့၏ လက်တွင်းမှ ဆောက်၊ ကတ်ကြေးများဖြင့် ထုဆစ်သကဲ့သို့ တင်စားကာ ရေးဖွဲ့ထားသည်မှာ အသက်ဝင်လှပါသည်။ ဤမိုးမခရွက်များနှင့် ရောင်စုံဖြာနေသော နွေဦးကာလတို့ကို သဘာဝတရားကြီးက အလှဆင် တည်ဆောက်ထားခြင်းမဟုတ်ပါလော။

唐詩選註

4.《望月怀远》张九龄

【原文】

海上生明月，天涯共此时。情人怨遥夜，竟夕起相思。灭烛怜光满，披衣觉露滋。不堪盈手赠，还寝梦佳期。

【释文】

一轮皎洁的明月冉冉从海面升起，你我虽远隔天涯，却共处在这美好的时刻。这样的夜晚，这样的美景，使我心生哀怨，不能友朋相聚，彼此心中思念也无法会面，整个夜晚我都沉浸在这样的思念中无法入眠。熄灭房中的烛光，明亮的月色却铺满了整个房间，让人心生怜爱。走出房门，夜雾打湿了身上的衣衫。想手捧月光送给远方的你，却无从送达，还是回到房中去睡吧，或许在梦中还能与你相遇呢。

4. လမင်းမှ မိတ်ဆွေသို့ တမ်းတခြင်း

ကျန်းကျိုလင် (Zhang Jiuling)

ဖြူစင်တောက်ပသော လမင်းကြီးသည် ပင်လယ်ပြင်ပေါ်မှ တဖြည်းဖြည်းချင်းထွက်ပေါ်လာပါသည်။ သင်နှင့်ကျွန်ုပ်သည် တစ်နေရာစီဝေးနေသော်လည်း ဤကဲ့သို့သောအချိန်ကောင်းတွင် အတူရှိနေကြရမည် ဖြစ်ပါသည်။ ဤကဲ့သို့သောညခင်းနှင့် ဤကဲ့သို့သောရှုခင်းကို ကျွန်ုပ်ခံစားရင်းနှင့် ဝမ်းနည်းမိပါသည်။ မိတ်ဆွေအချင်းချင်း သတိရနေသော်လည်း မတွေ့ဆုံနိုင်ကြပါ။ ဤကဲ့သို့သော သတိရမှုများတွင် တစ်ညလုံးနစ်မြောနေကာ အိပ်မပျော်နိုင်ဖြစ်ရပါသည်။ အခန်းတွင်းမှ ဖယောင်းတိုင်မီး ငြိမ်းသွားသော်လည်း တောက်ပသောလရောင်သည် အခန်းတစ်ခန်းလုံးကို လင်းထိန်နေစေ၍ သနားကြင်နာစိတ်များကို ဖြစ်ပေါ်စေပါသည်။ အခန်းတွင်းမှ ထွက်လိုက်သောအခါ ညမြူများက အင်္ကျီကိုပင် စိုရွှဲသွားစေပါသည်။ လရောင်ကို လက်တွင်ဆုပ်ကိုင်ကာ အဝေးရှိသင့်ကို ပေးချင်သော်လည်း မည်သို့မျှ ပို့ပေး၍မရပါ။ အခန်းတွင်းသို့ဝင်၍ ပြန်လည်အိပ်စက်မှသာလျှင် အိပ်မက်တွင် သင်နှင့် တွေ့ကောင်းတွေ့နိုင်မည်ဖြစ်သည်။

【解析】

这是一首令思念也变得异常美好的月夜怀人的诗歌。开篇两句，以不事雕琢、天然纯粹的语言为我们勾勒了一个美好的夜晚：明月当空，海面壮阔，远隔天涯的朋友在这样的夜晚彼此相思怀念，虽然远隔，却心意相通。此情此景带给我们很多的温暖和感动，似乎相思也变得美好起来，尤其首句写景，更似脱口而出却独有一种浑融高远的意境，是千古传诵的名句。诗人因思念久不能寐，故而月下徘徊，最终决定还是回房一眠，期待或许能在梦中与思念之人相遇。诗歌以优美的意境、悠长的韵味表达了对朋友的相思怀念，是一篇感染力很强的怀人之作。

【ရှင်းလင်းချက်】

ဤကဗျာတွင် သတိရတမ်းတမှုသည်ပင် အလွန်လှပသောလရောင်အလှအဖြစ် ပြောင်းလဲသွားစေမည့် ကဗျာတစ်ပုဒ်ဖြစ်သည်။ ကဗျာအစရှိ စာကြောင်းနှစ်ကြောင်းသည် သဘာဝကျသောစကားလုံးများဖြင့် ကျွန်ုပ်တို့အတွက် လှပသောညရှုခင်းကို ဖန်တီးပေးထားပါသည်။ ကောင်းကင်ယံက မိုးလမင်းလို့ ကျယ်ပြောတဲ့ပင်လယ်ပြင်ကိုကြည့်ရင်း မိုးအောက်မြေတစ်နေရာမှ မိတ်ဆွေများက ဒီလိုညမျိုးတွင် အချင်းချင်းသတိရလွမ်းဆွတ်နေကြပါသည်။ အဝေးတွင်ရောက်နေသော်လည်း စိတ်နှလုံးချင်း နီးကြပါသည်။ ဤကဲ့သို့သောရှုခင်းသည် ကျွန်ုပ်တို့ကို နွေးထွေးမှုနှင့် စိတ်လှုပ်ရှားဖွယ်ရာများကို သယ်ဆောင်လာ၍ လွမ်းဆွတ်မှုများသည်လည်း လှပလာသကဲ့သို့ ရှိလာသည်။ အထူးသဖြင့် ပထမစာကြောင်းရှိ ရှုခင်းအရေးအသားတွင် ပါးစပ်မှ ဖြစ်သလိုပြောလိုက်သကဲ့သို့ရှိသော်လည်း စကားလုံးများ အလွန်လှပ၍ နှောင်းခေတ်များတွင်လည်း ပြောစမှတ်ဖြစ်စေခဲ့ပါသည်။ ကဗျာဆရာသည် သတိရလွမ်းဆွတ်မှုကြောင့် အိပ်မရသဖြင့် လရောင်အောက်တွင် လမ်းလျှောက်နေခဲ့ပါသည်။ နောက်ဆုံးတွင် အခန်းသို့ပြန်၍ အိပ်မည်ဟု ဆုံးဖြတ်လိုက်ကာ အိပ်မက်တွင်ဆုံနိုင်ရန်ကို မျှော်လင့်ခဲ့ပါသည်။ ကဗျာသည် လှပသောသဘောတရားနှင့် ရှည်လျားသောရသများဖြင့် မိတ်ဆွေများအပေါ် သတိရလွမ်းဆွတ်မှုကိုဖော်ပြခဲ့ကာ သက်ရောက်မှုကောင်းသော သတိရအောက်မေ့ဖွယ်ရာ ကဗျာတစ်ပုဒ်ဖြစ်သည်။

唐詩選譯

5.《凉州词》王之涣

【原文】

黄河远上白云间，一片孤城万仞山。羌笛何须怨杨柳，春风不度玉门关。

【释文】

远远望去，波涛汹涌、奔腾不息的黄河好像一条缎带逶迤飞上云端，在崇山峻岭之中有一座堡垒孤零零地矗立着。忽从这堡垒中传出羌笛演奏的《折杨柳》曲，哀怨凄凉，传递着浓浓的离别之情，其实又何须伤感呢？在这边塞偏远之地，春风连玉门关都不到，又怎能吹绿塞外的杨柳呢？

【解析】

这是一首写边塞内容的诗歌。诗歌前两句写景，气象开阔，悲壮苍凉，为我们描画了边塞地区独特的风景，而矗立在荒凉之地的堡垒，越发显得孤危。戍守者吹起了惹人思乡的《折杨柳》曲，笛声悠悠，但在这春风都难至的边塞，又何须哀怨呢？诗歌虽写了边塞的荒凉寂寞，却不失高远的情调，悲中有壮，悲凉而慷慨。

5. လျှန်ကျိုးတေး

ဝမ်ကျူးဟွမ့် (Wang Zhihuan)

အဝေးမှမျှော်ကြည့်လျှင် လှိုင်းတံပိုးထန်၍ မရပ်မနားစီးဆင်းနေသော မြစ်ဝါမြစ်သည် ပုဝါတစ်ထည် တိမ်ကြားသို့လွင့်ပျံသွားသည့်အလား တည်ရှိနေသည်။ မြင့်မားမတ်စောက်သောတောင်ကြားတွင် ရဲတိုက်တစ်တိုက်သည် အထီးကျန်စွာ တည်ရှိနေပါသည်။ ရုတ်တရက်ဆိုသလို ထိုရဲတိုက်အတွင်းမှ ပုလွေဖြင့်တီးမှုတ်သော (မိုးမခအခက်ချိုးခြင်း) သီချင်းတေးသွားသံသည် ထွက်ပေါ်လာပါသည်။ ဝမ်းနည်းစရာကောင်းကာ ခွဲခွာခြင်းအငွေ့အသက်များပြည့်လျှမ်းနေပါသည်။ အမှန်တကယ်တော့ အဘယ့်ကြောင့်ဝမ်းနည်းရမည်နည်း။ ဤဝေးလံလှသော နယ်စပ်မြေတွင် နွေဦးလေက ယွီမန်ဂိတ်ကိုပင်မရောက်နိုင်၍ အဘယ်ကဲ့သို့ မိုးမခပင်ကို တိုက်ခတ်ပါနိုင်မည်နည်း။

【ရှင်းလင်းချက်】

ဤကဗျာသည် နယ်စပ်စခန်းအကြောင်း ရေးဖွဲ့ထားသော ကဗျာတစ်ပုဒ် ဖြစ်သည်။ ကဗျာရှေ့ပိုင်း စာနှစ်ကြောင်းသည် ရှုခင်းကျယ်ပြောပုံနှင့် ကြေကွဲလှိုက်လှဲဖွယ် ခံစားရသည်များကို ရေးဖွဲ့ထားပါသည်။ စာဖတ်သူများအတွက် နယ်စပ်စခန်းဒေသတစ်မူ ထူးခြားသောရှုခင်းများကို ဖော်ပြထားပါသည်။ ဝေးလံခေါင်သီသောနေရာတွင် တည်ရှိသည့် ရဲတိုက်ကြီးသည် အထီးကျန်လွန်းလှပါသည်။ ကင်းသမားသည် ဇာတိကို သတိရစေသော (မိုးမခအခက်ချိုးခြင်း)သီချင်းကို တီးမှုတ်လိုက်သည့်ပလွေသံသည် လွင့်ပျံလာသော်လည်း နွေဦးလေညင်းများပင် ဝင်ရောက်ရန်ခဲယဉ်းသည့် နယ်စပ်စခန်း ဖြစ်သောကြောင့် ဝမ်းနည်းနေစရာ လိုပါဦးမည်လော။ ကဗျာတွင် နယ်စပ်စခန်း၏ ဝေးလံ ခေါင်သီမှုများကို ရေးဖွဲ့ထားသော်လည်း ခံစားချက်များနှင့် ဝမ်းနည်းမှုများအတွင်း၌ ရဲဝံ့မှုများ ပါဝင်နေပါသည်။

6.《春晓》孟浩然

【原文】

春眠不觉晓，处处闻啼鸟。夜来风雨声，花落知多少。

【释文】

在春天这样舒适的季节，不知不觉一觉睡到天亮，清晨醒来，只听得窗外到处都是鸟儿的啼鸣声。昨夜春风春雨，纷纷洒洒，在宁谧的春夜，沙沙声不绝于耳，不知打落了多少正在绽放的春花呢。

【解析】

这是一首家喻户晓的吟唱春天的诗歌。全诗用语天然，不事雕琢，如行云流水，自然天成，却独有一种悠长的韵味和清新的美感。春天很美，放眼望去，处处都有大自然的鬼斧神工，但作者却从最日常的生活起居写起，描绘了清晨起床的一个片段。春天气候适宜，让人一觉睡到天亮，鸟鸣、春风、春雨、春花，都不直接切入去写，而是在室内，从听觉和想象还有回忆的角度，来写春天的生机盎然，富有机趣。

6. နွေဦးနံနက်

မုန့်ဟောက်ရန် (Meng Haoran)

နွေဦးရာသီကဲ့သို့ ကောင်းမွန်သောရာသီတွင် နံနက်လင်းသည့်အထိ အိပ်ပျော်သွားတတ်သည်။ နံနက်ခင်းတွင် နိုးလာသောအခါ ပြတင်းတံခါးအပြင်မှ ငှက်ကလေးများ၏ တွန်ကျူးသံများကို နေရာတိုင်းတွင် ကြားနေရပါသည်။ ယမန်နေ့ညက နွေဦးလေ၊ နွေဦးမိုးဖွဲလေးများ ကျခဲ့ပြီးနောက် တည်ငြိမ်နေသည့်ညတွင် မိုးသံမပြတ်ပေ။ မိုးစက်များကြောင့် ပန်းပွင့်လေးများ မည်မျှ ကြွေကျခဲ့ပါသနည်း။

【ရှင်းလင်းချက်】

ဤကဗျာသည် အများသိပြီးဖြစ်သော နွေဦးရာသီကို ရေးဖွဲ့ထားသည့် ကဗျာတစ်ပုဒ်ဖြစ်သည်။ ကဗျာတစ်ပုဒ်လုံးတွင် အသုံးပြုထားသော စကားလုံးများသည် သဘာဝကျ လှပကာ တစ်မူထူးခြားသောအရသာနှင့် သန့်ရှင်းလှပမှုကို ခံစားရစေပါသည်။ နွေဦးရာသီသည် အလွန်လှပါသည်။ မျက်စိတစ်ဆုံး နေရာအနှံ့အပြားတွင် သဘာဝတရားကြီး၏ အလှဆင်ထားမှုများရှိသော်လည်း စာရေးသူသည် ပုံမှန်နေထိုင်စားသောက်မှုဖြစ်သည့် နံနက်ခင်း အိပ်ရာထသည့်အချိန်မှ စတင်ရေးဖွဲ့ထားပါသည်။ နွေဦးရာသီသည် ရာသီဥတုမျှတကာ အိပ်ပျော်သွားလျှင် မိုးလင်းသည်ထိ တစ်ရေးသာဖြစ်ပါသည်။ ငှက်တွန်သံ၊ နွေဦးလေ၊ နွေဦးမိုး၊ နွေဦးပန်းစသည်တို့ကို ထည့်သွင်းရေးဖွဲ့ခြင်းမပြုဘဲ အခန်းတွင်းမှနေ၍ အကြားအာရုံ၊ စိတ်ကူးယဉ်မှု၊ ပြန်လည်စဉ်းစားမှုစသည့် ရှုထောင့်များမှ နွေဦးရာသီ၏ အသက်ဝင်မှုများကို ရေးစပ်ထားပါသည်။

7.《过故人庄》孟浩然

【原文】

故人具鸡黍，邀我至田家。绿树村边合，青山郭外斜。开轩面场圃，把酒话桑麻。待到重阳日，还来就菊花。

【释文】

老朋友准备了农家待客的丰盛饭食，邀请我到他家去做客。走进村子，只见绿树环抱，郭外的青山依依相伴。来到朋友家里，二人临窗对饮，聊聊田里的庄稼，窗外是一片打谷场和菜圃。临走时，我表示等重阳节的时候，还要再来与你相聚，共赏菊花。

7. ရွာမှမိတ်ဆွေနှင့် တွေ့ဆုံခြင်း

မုန့်ဟောက်ရန် (Meng Haoran)

မိတ်ဆွေဟောင်းက ရွာဟင်းရွာထမင်းများဖြင့် ပြည့်စုံစွာပြင်ဆင်ထားကာ ၎င်း၏ အိမ်သို့လာလည်ရန် ကျွန်ုပ်ကို ဖိတ်ခေါ်ထားပါသည်။ ရွာတွင်းသို့ ဝင်လိုက်သည်နှင့် သစ်ပင်စိမ်းများ ဝန်းရံနေသည်ကိုမြင်ရ၍ တောတောင်စိမ်းများကိုလည်း တွေ့ရပါသည်။ မိတ်ဆွေအိမ်သို့ရောက်သောအခါ နှစ်ဦးသား ပြတင်းတံခါးအနီးတွင် စားသောက်ရင်းဖြင့် လယ်ယာစိုက်ပျိုးရေးအကြောင်းများ ပြောခဲ့ကြပါသည်။ ပြတင်းတံခါးအပြင်တွင်မူ စပါးလှေ့သောနေရာနှင့် ဟင်းရွက်စိုက်ခင်းတို့ဖြစ်သည်။ ပြန်ခါနီးတွင် ကျွန်ုပ်က နဝမ ပွဲတော်ရောက်ချိန်တွင် နောက်တစ်ကြိမ် ထပ်မံတွေ့ဆုံကာ ဂန္ဓမာပန်းများကို လာရောက်ကြည့်ရှုမည်ဟု ပြောကြားခဲ့ပါသည်။

【解析】

这首诗歌写诗人应朋友之约前去做客的情景。全诗语言省净而平淡，意境淡泊而优美，浑融一体，不可句摘。诗歌开篇以平易的语言描述了朋友邀约，进而写到农村景象的清新优美，村子与绿树青山相伴，温馨而平静。主客二人临窗面对着一片打谷场和菜圃把酒言欢，话题不外庄稼的生长和收获，字里行间充满了浓郁的乡间风情，体现了主客之间淳朴的友情。这样的生活，有谁不向往呢？作者说，等到重阳节的时候我还要再来与你相聚，饮酒赏菊，表达了对农村生活和醇厚友情的向往。作品就是以这样平淡质朴的语言传达出了农村生活的美好和他对这种生活的热爱，虽平淡却“味终不薄”。

【ရှင်းလင်းချက်】

ဤကဗျာသည် ကဗျာဆရာက မိတ်ဆွေ၏ဖိတ်ကြားချက်အရ အလည်သွားရောက်ခြင်းအကြောင်းကို ရေးဖွဲ့ထားခြင်းဖြစ်သည်။ ကဗျာတစ်ပုဒ်လုံး၏ စာသားများသည် သန့်ရှင်းသေသပ်လှပါသည်။ အဓိပ္ပာယ်ပေါ့ပါးလှပကာ ကဗျာနှင့် တစ်သားတည်းကျပါသည်။ ကဗျာအစပိုင်းတွင် လွယ်ကူသောစာသားများဖြင့် မိတ်ဆွေ၏ ဖိတ်ကြားချက်ကို ဖော်ပြထားကာ ရွာရှုခင်း၏ လှပသေသပ်မှုကို ရေးဖွဲ့ထားပါသည်။ ရွာနှင့်သစ်ပင်၊ တောတောင်စိမ်းများ အတူတကွရှိနေကာ ပတ်ဝန်းကျင်အခြေအနေမှာ နွေးထွေး၍ အေးချမ်းလှပါသည်။ အိမ်ရှင်နှင့်ဧည့်သည် နှစ်ဦးတို့သည် ပြတင်းတံခါးနံဘေးတွင် စပါးလှေ့ကွင်းနှင့် ဟင်းရွက်စိုက်ခင်းများ ကိုကြည့်ရှုရင်း စကားပြောနေသော အကြောင်းအရာများမှာလည်း လယ်ယာမြေများပေါက်ရောက်မှုနှင့် အထွက်နှုန်းတို့သာ ဖြစ်ပါသည်။ စာသားများတွင် နက်ရှိုင်းသော ကျေးရွာခလေ့များနှင့် အိမ်ရှင်နှင့်ဧည့်သည်ကြားရှိ နက်ရှိုင်းသော သူငယ်ချင်းမေတ္တာကို ပြသနေပါသည်။ ဤကဲ့သို့သောဘဝမျိုးကို မည်သူမဆို ရရှိလိုကြပါသည်။ စာရေးသူက နဝမပွဲတော်ရောက်ချိန်တွင် နောက်တစ်ကြိမ် ပြန်လည်လာရောက်တွေ့ဆုံကာ အရက်သောက်ကြရင်း ဂန္ဓမာပန်းများကိုကြည့်ရှုမည်ဟု ပြောခဲ့သည်။ ကျေးလက်ဘဝနှင့် မိတ်ဆွေသံယောဇဉ်ကို တန်ဖိုးထားကြောင်း ပြသနေပါသည်။ ဤကဗျာ၏ အေးဆေးရိုးသားသော စာသားများမှ ကျေးလက်ဘဝ၏လှပမှုနှင့် ကဗျာဆရာ၏ ကျေးလက်ဘဝအပေါ် ချစ်မြတ်နိုးမှုကိုဖော်ပြခဲ့ကာ ပေါ့ပါးသော်လည်း အရသာရှိသော ကဗျာတစ်ပုဒ်ဖြစ်ပါသည်။

8.《从军行》王昌龄

【原文】

青海长云暗雪山，孤城遥望玉门关。黄沙百战穿金甲，不破楼兰终不还。

【释文】

青海湖的上空，密布着层层浓云，使周围的雪山黯淡无光，一座孤零零的城池坐落在河西走廊的荒漠之中，与玉门关遥遥相望。尽管战事频繁，环境艰苦，戍守边塞的时间很长，将士们身上的铠甲都被磨穿了，但始终不能动摇他们誓死杀敌、报效国家的雄心壮志。

【解析】

这是一首气势磅礴、慷慨悲壮的边塞诗。唐代的西北边陲，是战争频发，与吐蕃、突厥冲突不断的军事要地。诗歌开篇两句，为我们描画了西北边地的壮阔景象，也暗示出此地的不平静与环境的艰苦。诗中的“黄沙百战”为我们揭示了戍边生活的艰辛以及战斗的频繁激烈。然而这些都无法消磨将士们的士气，“不破楼兰终不还”就是他们铿锵有力的誓言。这篇作品，以悲壮豪迈的情怀、掷地有声的语言，表现了盛唐边塞戍守将士们的豪情壮志。

8. စစ်မှုထမ်းတေး

ဝမ်ချန်းလင် (Wang Changling)

ချင်းဟိုင်ကန်၏ဝေဟင်တွင် မိုးတိမ်များအုံ့ဆိုင်းနေကာ ဘေးပတ်ဝန်းကျင်မှ နှင်းတောင်များပင် အရောင်မှိန်သွားစေပါသည်။ ဟော်ရှီးလမ်းမကြီး၏ သဲကန္တာရအတွင်း၌ အထီးကျန်လှသည့်မြို့တစ်မြို့ တည်ရှိနေသည်။ ယွီမင်ခံတပ်တံခါးနှင့် ခပ်ဝေးဝေးမှမြင်နေရသော အနေအထားတွင် ရှိနေပါသည်။ စစ်ပွဲများ မကြာခဏဖြစ်ပွားမှု၊ ပတ်ဝန်းကျင်အနေအထားဆိုးရွားမှု၊ နယ်စပ်စခန်းတွင် စောင့်ကြပ်ရသောအချိန်ကြာမြင့်မှုတို့ကြောင့် စစ်သည်များ၏ကိုယ်ပေါ်မှ သံချပ်ကာများသည် ပွန်းပဲ့စုတ်ပြတ် လျက်ရှိသော်လည်း စစ်သည်တို့၏ နိုင်ငံတော်ကို အသက်ပေးကာကွယ်သွားမည့် ရဲဝံ့သော စိတ်ဓာတ်ကို တားဆီး၍မရခဲ့ပါ။

【ရှင်းလင်းချက်】

ဤကဗျာသည် အားမာန်အပြည့်ဖြင့် ကြေကွဲလှိုက်လှဲဖွယ်ကောင်းသည့် နယ်စပ်စစ်စခန်း သရုပ်ဖော်ကဗျာဖြစ်သည်။ ထန်ခေတ် အနောက်မြောက်နယ်စပ်တွင် စစ်ပွဲများ မကြာခဏဖြစ်ပွားပါသည်။ ထူပေါ်၊ ထူးကြွယ်စသည့်နိုင်ငံတို့နှင့် ထိတွေ့မှုမပြတ်သော စစ်ရေးအဓိကနေရာလည်းဖြစ်သည်။ ကဗျာအစပိုင်း စာနှစ်ကြောင်းတွင် ကျွန်ုပ်တို့အတွက် အနောက်မြောက်နယ်စပ်၏ အလှတရားများကိုဖော်ပြခဲ့၍ ဤဒေသ၏မတည်ငြိမ်မှုနှင့် ပတ်ဝန်းကျင်ဆိုးဝါးမှုတို့ကိုလည်း ပြသနေပါသည်။ ကဗျာပါ သဲပြင်တိုက်ပွဲ ပေါင်းတစ်ရာသည် ကျွန်ုပ်တို့ နယ်စပ်ဒေသနေထိုင်မှု၊ ဘဝ၏ခက်ခဲမှုများနှင့် တိုက်ပွဲများ အဆက်မပြတ်ပြင်းထန်မှုများကို ထုတ်ဖော်ပြသနေပါသည်။ သို့သော် ထိုအရာများက စစ်သည်များ၏စိတ်ဓာတ်ကို ပျောက်ဆုံးမသွားစေနိုင်ပါ။ လိုလန်ကို မသိမ်းနိုင်လျှင် မပြန်ဟုဆိုသည်မှာမူ စစ်သည်တို့၏ သန္နိဋ္ဌာန်ဖြစ်သည်။ ဤကဗျာသည် ကြေကွဲလှိုက်လှဲမှု၊ တိကျပြတ်သားသောစာသားများဖြင့် ခမ်းနားသော ထန်ခေတ်နယ်စပ်စခန်း စစ်သည်များ၏ မျိုးချစ်စိတ်များကို တင်ပြထားသည်။

唐詩選譯

9.《出塞》王昌龄

【原文】

秦时明月汉时关，万里长征人未还。但使龙城飞将在，不教胡马度阴山。

【释文】

明月当空，光辉挥洒在秦汉时代就建立起来的关口，古往今来，一批批将士从万里外的中原来到这里戍边，抵御外族入侵，多少人身死边塞，未能还乡。如果汉代飞将军李广还在的话，一定不使胡人度过阴山来进犯我边境之地。

【解析】

这首诗歌表述了古往今来边塞地区因胡人侵扰，战争频仍，无数戍边将士身死疆场的悲剧，并表达了渴望有能力的将领出现，守卫边境安宁的愿望。王昌龄被誉为“七绝圣手”，他的绝句言少意多，意境浑厚，感情深沉。这首诗歌开篇两句尤为精彩，以互文的手法，写了漫长而苍茫的时空领域，并由此展开千百年来边境不宁，万里戍边，代代如此的史实，使诗歌的格调更加雄浑悲壮，因此也被明代诗人称为“唐代七绝的压卷之作”。

9. နယ်စပ်စစ်စခန်းသို့ ခရီးတစ်ခေါက်

ဝမ်ချန်းလင် (Wang Changling)

လမင်းကြီးသာနေသည့် အလင်းရောင်များသည် ချင်ဟန့်ခေတ်က တည်ဆောက်ခဲ့သည့် ခံတပ်တံခါးများပေါ်သို့ ကျရောက်နေပါသည်။ ရှေးခေတ်မှ ယနေ့ခေတ်တိုင် စစ်သည်တော်များ တစ်သုတ်ပြီးတစ်သုတ် ဝေးလံလှသောအလယ်ပိုင်းဒေသမှ နယ်စပ်ဒေသသို့ လာရောက်ကာ တိုင်းတစ်ပါးသားများ၏ရန်ကို ကာကွယ်ခဲ့ကြသည်။ ကျဆုံးကာ ဇာတိမြေသို့ မပြန်နိုင်ခဲ့သည်မှာ အများအပြားရှိခဲ့ပါသည်။ အကယ်၍ ဟန့်ခေတ် မိုးပျံစစ်သူကြီး လီကွမ်သာ သက်ရှိထင်ရှားရှိနေပါက တိုင်းတစ်ပါးသားများသည် ရင်ရှမ်းတောင်ကိုပင် ကျော်နိုင်မည် မဟုတ်ပေ။

【ရှင်းလင်းချက်】

ဤကဗျာသည် ရှေးယခင်မှယနေ့ထိ တိုင်းတစ်ပါးသားများ၏နယ်ချဲ့မှုကြောင့် တိုက်ပွဲများ မကြာခဏဖြစ်ပွားကာ မရေမတွက်နိုင်သော နယ်ခြားစောင့်စစ်သည်များ စစ်ပွဲအတွင်း၌ ကျဆုံးခဲ့ရသော ဝမ်းနည်းဖွယ်ရာအကြောင်း၊ အရည်အချင်းရှိသော စစ်သူကြီးများ ပေါ်ထွက်လာကာ နယ်စပ်တည်ငြိမ်အေးချမ်းရေးကို အကျိုးပြုနိုင်ရန် မျှော်လင့်ကြောင်းများကို ဖော်ပြထားပါသည်။ ဝမ်ချန်းလင်ကို ခုနစ်ခုဝိစ္စာဟုခေါ် ဆိုကြသည်။ ၎င်း၏ကဗျာသည် စာလုံးရေနည်းသော်လည်း အဓိပ္ပာယ်ရှိကာ ထိရောက်လှ၍ သံယောဇဉ် လေးနက်ပါသည်။ ဤကဗျာအစ စာနှစ်ကြောင်းသည် အလွန်ကောင်းမွန်ကာ ရှည်ကြာအိုဟောင်းသော အချိန်ကာလအကြောင်းများကို ရေးဖွဲ့ထားပါသည်။ ထို့နောက် နှစ်ပေါင်းများစွာ နယ်စပ်မတည်ငြိမ်မှုနှင့် စစ်သည်များသည် ခေတ်အဆက်ဆက်တွင် ဝေးလံသောနေရာမှ နယ်စပ်ဒေသသို့လာရောက်ကာ အဆက်မပြတ်ကာကွယ်သည့် သမိုင်းမှတ်တမ်းများဖြင့် ကဗျာကို အားမာန်ပြည့်ဝစေပါသည်။ ထို့ကြောင့် ဤကဗျာကို ထန်ခေတ် ခုနစ်ခုဝိစ္စာ၏ အကောင်းဆုံးလက်ရာဟု မင်ခေတ်ကဗျာဆရာများက တင်စားကြရပါသည်။

唐诗选译

10.《芙蓉楼送辛渐》王昌龄

【原文】

寒雨连江夜入吴，平明送客楚山孤。洛阳亲友如相问，一片冰心在玉壶。

【释文】

昨夜烟雨迷离，笼罩着吴地的江天，清晨我就要送你远去，我的内心如此孤寂，就如同你坐船离开只留下这屹立不动的楚山一样。等到了洛阳，与那里的亲友们团聚，他们问起我的情况来，就说我的襟怀与品质就如同那一片晶亮透明的冰在那清澈无瑕的玉壶中一般。

【解析】

这是一篇借送别表达磊落襟怀的名作。诗人送一位叫辛渐的朋友离开吴地（今江苏镇江）去洛阳，表达了不舍和孤独之情。而他让辛渐带给洛阳亲友的，不是平安之语，而是表达自身光明磊落之言。当时王昌龄因不拘小节，被贬江宁（今江苏南京），身处众口交毁之中。在这首诗中，他以晶莹透明的冰心玉壶作比，写下这句著名的诗句“一片冰心在玉壶”，表现了他的磊落襟怀和洁净无瑕的品质。

10. ပဒုမ္မာဆောင်တွင် ရှင်းကျန်ကို နှုတ်ဆက်ခြင်း

ဝမ်ချန်းလင် (Wang Changling)

ယမန်နေ့ညက မိုးများ သည်းထန်စွာရွာသွန်းကာ ဝူဒေသကို မိုးသက်များက ဖုံးလွှမ်းထားပါသည်။ မနက်လင်းလျှင် သင့်ကို လိုက်ပို့ရတော့မည်။ ကျွန်ုပ်၏စိတ်၌ အထီးကျန်နေမှုသည် လေ့ငယ်လေးဖြင့် သင်ထွက်ခွာသွားကာ ချန်ထားခဲ့သော ချူရှန်း တောင်ကြီးကဲ့သို့ပင် ဖြစ်ပါသည်။ လော့ယန် (Luo Yang) သို့ရောက်၍ ထိုဘက်ပိုင်းမှ မိတ်ဆွေများနှင့် အတူတကွတွေ့ဆုံသည့်အခါ ၎င်းတို့က ကျွန်ုပ်အကြောင်း မေးမြန်းလျှင် ကျွန်ုပ်၏သဘောထားနှင့်အရည်အသွေးမှာ တောက်ပကြည်လင်နေသောရေခဲသည် ကြည်စင် လှပသော ကျောက်စိမ်းဗူးထဲတွင် ရှိနေသကဲ့သို့ပင်ဖြစ်သည်ဟု ပြောပြစေလိုပါသည်။

【ရှင်းလင်းချက်】

ဤကဗျာသည် နှုတ်ဆက်ပို့ဆောင်မှုမှတစ်ဆင့် ပွင့်လင်းသောသဘောထားကို ဖော်ပြနေသည့် ကဗျာတစ်ပုဒ်ဖြစ်သည်။ ကဗျာဆရာသည် ရှင်းကျန့် (Xin Jian) ဟု ခေါ်သောမိတ်ဆွေတစ်ဦး ဝူဒေသမှလော့ယန်သို့ သွားရောက်မည်ကိုနှုတ်ဆက်ရင်း မခွဲနိုင် မခွာရက်မှုနှင့် အထီးကျန်မှုများကို ဖော်ပြထားပါသည်။ ၎င်းအနေနှင့် ရှင်းကျန့်နှင့်လော့ယန်မှ မိတ်ဆွေများအတွက် အမှာစကားပါးလိုက်သည်မှာ မိမိငြိမ်းချမ်းသည့် အကြောင်းမဟုတ်ဘဲ မိမိ၏ပွင့်လင်းမှုကိုဖော်ပြသော စကားများဖြစ်သည်။ ထိုအချိန်၌ ဝမ်ချန်းလင်သည် အသေးအဖွဲကိစ္စများကို ဂရုမစိုက်မှုဖြင့် ကျန်းနင် (ယခုခေတ် ကျန်းစူးပြည်နယ် နန်ကျင်းမြို့) သို့ နယ်နှင်ဒဏ်အပေးခံရကာ အများကဲ့ရဲ့ခြင်းကို ခံနေခဲ့ရပါသည်။ ဤကဗျာပါ "ရေခဲတစ်ချပ်ကို ကျောက်စိမ်းရေဗူးအတွင်း၌ ထည့်ထားသည်။" ဟူသည့် ကဗျာစာသားသည် ကဗျာဆရာ၏ စိတ်သဘောထားကို တောက်ပကြည်လင်သောရေခဲ၊ ကျောက်စိမ်းရေဗူးတို့ဖြင့် ဥပမာပေးကာ ၎င်း၏ပွင့်လင်းသောသဘောထားနှင့် အပြစ်ကင်းသော အရည်အသွေးတို့ကို ဖော်ပြနိုင်ပါသည်။

11.《山居秋暝》王维

【原文】

空山新雨后，天气晚来秋。明月松间照，清泉石上流。竹喧归浣女，莲动下渔舟。随意春芳歇，王孙自可留。

【释文】

秋天的傍晚，刚刚下过一场雨，空气清新明净，雨后的山林也为之一新。夜色降临，一轮皓月当空，清辉从林中的松树间倾泻下来，山间的清泉也淙淙地从小溪中的石头上流过。忽然竹林间传来一阵热闹的欢笑声，原来是洗衣服的姑娘们追逐打闹着回来了；莲叶间忽然一阵响动，荷叶纷纷向两边披分，原来是有渔舟顺流而下，打破了这林中的宁静。虽然春天的芳华已经消歇，但秋景依然美丽，我仍旧愿意留在这山中不再离去。

11. တောင်တန်းပေါ်မှ ဆောင်းဦးညရှုခင်းကို ရှုမျှော်ခြင်း

ဝမ်ဝေ (Wang Wei)

ဆောင်းဦးညနေခင်းသည် မကြာမီက မိုးကလေးရွာသွားခဲ့သဖြင့် လေထုမှာ သန့်ရှင်းစင်ကြယ်ကာ မိုးရွာပြီးခါစ တောတောင်များသည်လည်း သစ်လွင်နေပါသည်။ ညအမှောင်ကိုရောက်သည့်အခါ လမင်းကြီးလည်းထွက်လာ၍ စိမ်းလန်းစိုပြည်သော ရနံ့လေးများသည် ထင်းရှူးတောများကြားမှ ကျဆင်းလာသည်။ တောင်ကြားမှ စမ်းချောင်းလေးသည် ကျောက်တုံးများကြားမှ ဖြတ်သန်း စီးဆင်းလာခဲ့ပါသည်။ ဝါးတောအတွင်းမှ ရယ်မောသံလေးများ ရုတ်တရက် ထွက်ပေါ်လာပါသည်။ အမှန်တကယ်မှာ အဝတ်လာလျှော်ကြသော မိန်းကလေးများ နောက်ပြောင်ကျီစယ်နေကြခြင်း ဖြစ်ပါသည်။ ကြာရွက်များကြားတွင် လှုပ်ရှားလာကာ ကြာရွက်များသည် ဘေးနှစ်ဖက်သို့ ရုတ်တရက် ကွဲထွက်သွားပါသည်။ အမှန်မှာမူ ငါးဖမ်းလှေများ ရေစီးအတိုင်းစုန်ဆင်းလာကာ တောတွင်းမှတည်ငြိမ်မှုများကို လှုပ်ရှားသွားစေပါသည်။ နွေဦးရာသီ၏ အလှများ ပျောက်ဆုံးသွားသော်လည်း ဆောင်းဦးအလှများကမူ လှပနေဆဲဖြစ်ကာ ဤတောင်တန်းများကြားမှ မထွက်ခွာချင်လောက်သည်အထိ ဖြစ်ရပါသည်။

【解析】

这是一首写作山水秋景的名篇。诗歌通过对山中秋景的描绘，寄托了诗人的高洁情怀和对理想世界的追求。诗中写景尤为精彩，可谓“诗中有画，画中有诗”。中间两联，为我们勾勒了一幅有动有静、有声音有色彩还有光线的精彩画面。月光皎洁，光线从暗绿的松间投射下来，如同一幅静态图，而月光下，一条跳跃流动的溪流在林间蜿蜒而下，如同一条闪光的白色缎带，而溪水撞击在石头上，发出清脆的水声。动静结合，且有音效，没有任何刻意雕琢和修饰的痕迹，在艺术上达到了炉火纯青的地步。而竹林喧闹，浣女归来，莲叶披分，渔舟出现，无忧无虑、勤劳善良的人们生活在这样的山林之中，让诗人无比向往和渴望，所以诗歌结尾诗人即表达了这样的愿望。

【ရှင်းလင်းချက်】

ဤကဗျာသည် တောတောင်ရေမြေအလှများကို စပ်ဆိုထားသော ကဗျာတစ်ပုဒ်ဖြစ်သည်။ ကဗျာတွင် တောင်တန်းများကြားမှ ဆောင်းဦးအလှများကို ရေးဖွဲ့ထားကာ ကဗျာဆရာ၏ မြင့်မြတ်သောသဘောထားနှင့် မျှော်လင့်ထားသော လောကကို ရေးဖွဲ့ထားခြင်းဖြစ်သည်။ ကဗျာတွင် ရှုခင်းများကို ရေးဖွဲ့ထားသည်မှာ အလွန်ကောင်းမွန်သည်။ ကဗျာတွင်း၌ ပန်းချီကားတစ်ချပ်၊ ပန်းချီကားပေါ်မှ ကဗျာတစ်ပုဒ်ဟုပင် တင်စား၍ရနိုင်ပါသည်။ အလယ်ပိုင်းတွင် ကျွန်ုပ်တို့အတွက် တည်ငြိမ်မှု၊ လှုပ်ရှားမှု၊ အသံပါဝင်မှု၊ ဆေးရောင်စုံမှု၊ အလင်းရောင်စုံမှုများနှင့် ပြည့်စုံသည့် ပန်းချီကားတစ်ချပ်ကို ရေးဆွဲပြထားပါသည်။ ဖြူစင်သောလရောင် အလင်းသည် မှောင်နေသောထင်းရှူးပင်များကြားမှ ထိုးဖောက်ကျဆင်းလာသည်မှာ ပန်းချီကားတစ်ချပ်ကဲ့သို့ပင် ဖြစ်နေပါသည်။ လရောင်အောက်တွင် စီးဆင်းနေသော စမ်းချောင်းလေးသည် အဖြူရောင်ပိုးပဝါလေးအလား တောက်ပလျက်ရှိပါသည်။ စမ်းချောင်းရေက ကျောက်တုံးကိုတိုက်ခတ်သော အသံလေးများသည်လည်း နားထောင်ရသည်မှာ သာယာလှပါသည်။ အလှုပ်နှင့်အငြိမ် ပေါင်းစပ်ထားသော နောက်ခံအသံများလည်း ပါဝင်နေ၍ အထူးပြုပြင်ထားသော ဖန်တီးမှုများ မပါဝင်ပါ။ အနုပညာအရပြောရမည်ဆိုလျှင် အကောင်းဆုံးအနေအထားသို့ ရောက်ရှိနေသည်။ ဝါးတောလေးအတွင်း၌ ဆူညံစွာအဝတ်လျှော်နေကြသော မိန်းမပျိုလေးများ၏ အပြန်ခရီးတွင် ကြာရွက်များလှုပ်ရှားကာ ငါးဖမ်းလှေကလေး ထွက်ပေါ်လာပုံကို ပြသပါသည်။ အပူအပင်မရှိဘဲ ရိုးသားကြိုးစားကြသောလူများသည် ဤကဲ့သို့သော တောတောင်အတွင်း၌ အသက်ရှင်နေထိုင်ကြပုံကို ကဗျာဆရာအနေဖြင့် အလွန်အားကျ မျှော်လင့်နေသည်ကို မြင်တွေ့နိုင်ပါသည်။ ထို့ကြောင့် ကဗျာဆရာသည် ကဗျာ၏နိဂုံးတွင် ဤကဲ့သို့သော မျှော်လင့်ချက်များကို ဖော်ပြထားပါသည်။

唐詩選譯

12.《使至塞上》王维

【原文】

单车欲问边，属国过居延。征蓬出汉塞，归雁入胡天。大漠孤烟直，长河落日圆。萧关逢候骑，都护在燕然。

【释文】

我轻车简从，奉命到边疆去慰问和巡视。已到边塞，就如同飞舞的蓬草来到塞外，北飞的大雁回到了胡地的天空一样。广袤的大漠上一缕孤烟横空直上，横贯其间的黄河上一轮落日正缓缓下沉。在萧关我没有见到长官，侦察兵告诉我，长官正在燕然前线。

【解析】

这首诗歌写诗人王维奉唐玄宗之命以监察御史的身份赴凉州慰问，察访军情。其中“大漠孤烟直，长河落日圆”写塞外的景象尤为精彩，成为“千古壮观”的名句。诗人将大漠与笔直孤烟立体交叉，一个“孤”字凸显大漠的广阔和空旷；将长河之蜿蜒曲折与落日的圆形线条加以组合，构成奇异壮丽的图景。总之，作者以粗犷的线条、立体的构图，为我们生动描绘了空旷、壮观、苍凉、劲健的大漠风光。

12. နယ်စပ်သို့ သံတမန်အနေဖြင့် ခရီးထွက်ခြင်း

ဝမ်ဝေ (Wang Wei)

ကျွန်ုပ်သည် အမိန့်အရ နောက်လိုက်နောက်ပါများဖြင့် နယ်စပ်သို့ လှည့်လည်စစ်ဆေးလာခဲ့ပါသည်။ နယ်စပ်သို့အရောက် ကျွန်ုပ်သည် လွင့်ပျံ့နေသော မြက်ပုံများရှိနေသည့် နယ်စပ်စခန်းသို့ရောက်လာသည်နှင့် မြောက်ဘက်သို့ ပျံသန်းသွားခဲ့သည့်ငန်းကြီးများ ပြန်လည်ရောက်ရှိလာသည်နှင့် တူညီပါသည်။ ကျယ်ပြောလှသော သဲကန္တာရတွင် မီးခိုးတန်းလေးတစ်ခုသည် မိုးကောင်းကင်ပေါ်သို့ တလွန့်လွန့်တက်သွားကာ မြစ်ဝါမြစ်ပေါ်မှ နေမင်းကြီးသည် တဖြည်းဖြည်း ကျဆင်းလာနေပါသည်။ ရှောင်းကွမ်းခံတပ်တံခါးတွင် အရာရှိကို မတွေ့ခဲ့ရပါ။ အရာရှိမင်းသည် ရှေ့တန်းတွင် ရောက်ရှိနေသည်ဟု ကင်းထောက်စစ်သားက ပြောပြပါသည်။

【ရှင်းလင်းချက်】

ဤကဗျာတွင် ကဗျာဆရာဝမ်ဝေသည် ထန်ရွှမ်ဇုန်း (Tang Xuanzong) ဘုရင်မင်းမြတ်အမိန့်နှင့် စစ်ဆေးရေးအမတ်အဖြစ် လျန်ကျိုးသို့ လှည့်လည်စစ်ဆေးရန် ရောက်ရှိကာ စစ်ရေးအခြေအနေများကို စစ်ဆေးခဲ့ပါသည်။ ဤကဗျာတွင် "ကန္တာရမီးခိုးလွင့်၊ မြစ်ပြင်နေဝင်သည်" ဟူသော စာသားဖြင့် နယ်စပ်စခန်းပြင်ပမှ ရှုခင်းကို ရေးဖွဲ့ထားသည်မှာ အလွန်လှပကောင်းမွန်ပါသည်။ ကဗျာဆရာသည် ကန္တာရနှင့် မီးခိုးတန်းကို ပေါ်လွင်စွာ ရေးဖွဲ့ခဲ့ပါသည်။ " အထီးကျန်" ဟူသည့်စာလုံးဖြင့် ကန္တာရ၏ကျယ်ပြန့်မှုနှင့် ကျယ်ပြောမှုများကို ပေါ်လွင်စေခဲ့ပါသည်။ မြစ်ပြင်ကြီး ရှည်လျားစွာ ကွေ့ဝိုက်စီးဆင်းမှုနှင့် နေဝင်ချိန်တို့ကိုပေါင်းစပ်ကာ ခန့်ညားထည်ဝါလှပသည့် ပန်းချီကားတစ်ခုအဖြစ် ဖွဲ့စည်းထားပါသည်။ နောက်ဆုံးတွင် ကဗျာဆရာသည် ကြွတက်နေသောပုံဖော်မှုဖြင့် ကျွန်ုပ်တို့အတွက် ကျယ်ပြောသော၊ ခံ့ညားထယ်ဝါသော၊ လူသူလေးပါးကင်း၍ ဖုန်းဆိုးထနေသော၊ အားကောင်း သန်မာသော သဲကန္တာရရှုခင်းများကို အသက်ဝင်စွာ ရေးဖွဲ့ထားပါသည်။

唐詩選譯

13.《相思》王维

【原文】

红豆生南国，春来发几枝？愿君多采撷，此物最相思。

【释文】

红豆生于南方，春天的时候不知生出多少新枝？希望您多多地采撷，因为它最能寄托相思。

【解析】

这是一首借红豆来表达相思的作品，在唐代广为传唱，据说安史之乱之后，著名歌手李龟年在江南常演唱这首歌，听者无不动容。红豆生于南方，传说古代的一位女子因丈夫死在边地，哭于树下而死，化为红豆，人们又称之为相思子，往往用来寄托相思和怀念。这首小诗写得活泼流畅，青春洋溢，一气呵成，把对对方的相思之情写得含蓄委婉，不言自己之相思，而是劝对方多多采撷此物，岂不是寄托了“勿忘我”之意呢？

13. တမ်းတခြင်း

ဝမ်ဝေ (Wang Wei)

ပဲနီသည် တောင်ပိုင်းတွင် ပေါက်ရောက်ပါသည်။ နွေဦးရာသီအချိန်တွင် အကိုင်းအခက်သစ်များ မည်မျှထွက်ပေါ်တတ်သနည်းဟု မသိပါ။ အများအပြား ခူးဆွတ်ပေးရန်မျှော်လင့်ပါသည်။ အဘယ်ကြောင့်ဆိုသော် ဇာတိမြေကို တမ်းတသတိရခြင်းများကိုဖော်ထုတ်ပြသပေးနိုင်၍ပင် ဖြစ်သည်။

【ရှင်းလင်းချက်】

ဤကဗျာသည် ပဲနီမှတစ်ဆင့် လွမ်းဆွတ်တမ်းတ သတိရမှုကို ဖော်ပြထားသောကဗျာ တစ်ပုဒ်ဖြစ်သည်။ ထန်ခေတ်တွင် လူသိများသော ကဗျာဖြစ်ကာ အန်ရှစ်အရှုပ်တော်ပုံပြီးသည့်နောက် နာမည်ကျော်အဆိုတော် လီကွေးနျန် (Li Guinian) က ကျန်းနန်ဒေသတွင်မကြာခဏသီဆိုလေ့ရှိသော သီချင်းတစ်ပုဒ်ဖြစ်ရာ နားထောင်ရသူအပေါင်း၏ စိတ်နှလုံးတွင်ခံစားကြရပါသည်ဟု ဆိုကြသည်။ ပဲနီသည် တောင်ပိုင်းတွင်သာ ပေါက်ပါသည်။ ဒဏ္ဍာရီပုံပြင်တစ်ခုအရ ရှေးအခါက အမျိုးသမီးတစ်ဦးသည် ယောကျ်ားဖြစ်သူ သေဆုံးသွားသည့်သစ်ပင်အောက်တွင် ငိုကြွေးရင်း သေဆုံးသွားကာ ပဲနီအဖြစ် ပြောင်းလဲသွားသဖြင့် လူအများက ၎င်းကို သတိရခြင်းပဲစေ့ဟု တင်စားကြကာ သတိရတမ်းတမှုများကို ဖော်ပြရာတွင်အသုံးပြုကြသည်။ ဤကဗျာသည် သွက်လက်ပေါ့ပါး၍ ငယ်ရွယ်နုပျိုသောခံစားမှုကိုတစ်ဆက်တည်း ခံစားရစေနိုင်သည်။ ချစ်သူအပေါ်ထားရှိသည့် လွမ်းဆွတ်သောမေတ္တာများကိုသွယ်ဝိုက်ရေးဖွဲ့၍ ဖော်ပြထားသည်မှာ အလွန်ကောင်းမွန်သည်။ ချစ်သူအား သတိရမှုများကိုတိုက်ရိုက်ပြောမထားဘဲ ချစ်သူအား ပဲနီကို အများအပြား ခူးဆွတ်ရန် ပြောကြားထားသည်မှာငါ့ကိုမမေ့ပါနှင့်ဟု ပြောဆိုမှာကြားထားသကဲ့သို့ပင် မဟုတ်ပါလော။

14.《送元二使安西》王维

【原文】

渭城朝雨浥轻尘，客舍青青柳色新。劝君更尽一杯酒，西出阳关无故人。

【释文】

清晨一场细雨微微打湿了渭城的路面，空气清新，街边的柳树经雨水清洗之后，变得翠绿，显得那客舍也颜色青青。朋友就要离去了，临行前再喝一杯吧，向西出了阳关之后就再也见不到老朋友了。

【解析】

这是一首送人赴边地的作品，后来编入乐府，取首句二字题作《渭城曲》，是唐代最流行、传唱最久的歌曲之一。诗歌以微雨的清晨点染了离别的场景，使作品一开始就笼罩着浓浓的离别的氛围，而因柳树碧绿被衬托得青青的客舍又为离别带来轻快的节奏。劝君再饮一杯，西出阳关再无友朋的强烈深沉的惜别之情，却表达得语浅情深，令人动容。

14. အန်းရှီးသို့ထွက်သော သံတမန်ယွမ်အဲ လိုက်ပါပို့ဆောင်ခြင်း

ဝမ်ဝေ (Wang Wei)

နံနက်ခင်းမိုးဖွဲကလေးသည် ဝေ့မြို့လမ်းမကို စိုစွတ်သွားစေကာ လေထုသည် သန့်ရှင်းလတ်ဆတ်နေပါသည်။ လမ်းဘေးရှိ မိုးမခပင်များသည် မိုးရေများဖြင့် ဆေးကြောမှုကြောင့် ပိုမိုစိမ်းစိုပြပယာကာ တည်းခိုခန်းများမှာလည်း အရောင်များ စိမ်းစိုလန်းဆန်းနေပါသည်။ မိတ်ဆွေက ထွက်ခွာ သွားရတော့မည်ဖြစ်သည်။ မသွားမီ တစ်ခွက်တစ်ဖလား သောက်လိုက်ကြပါစို့။ အနောက်ဘက်ရှိ ရန်ကွမ်းမြို့တံခါးမှ ထွက်သွားလျှင် မိတ်ဆွေဟောင်းများ ပြန်လည် တွေ့ဆုံနိုင်ဦးမည် မဟုတ်ပေ။

【ရှင်းလင်းချက်】

ဤကဗျာသည် နယ်စပ်သို့သွားမည့်သူကို နှုတ်ဆက်သောကဗျာတစ်ပုဒ်ဖြစ်၍ နောက်ပိုင်းတွင် တေးသွားများထည့်သွင်းကာ ကဗျာအစတွင် ဝေ့မြို့ဟူသော စကားလုံးနှစ်လုံးယူ၍ (ဝေ့မြို့တေး) အဖြစ် အမည်ပေးခဲ့သည်။ ထန်ခေတ်တွင် နာမည်အကြီးဆုံးနှင့် သီဆိုမှုအများဆုံးသော သီချင်းတစ်ပုဒ်ဖြစ်သည်။ ကဗျာသည် မိုးဖွဲကျသောနံနက်ခင်းတွင် ခွဲခွာသောမြင်ကွင်းဖြင့် ကဗျာအစဦးပင် ခွဲခွာခြင်း အရိပ်အငွေ့များ ဖုံးလွှမ်းနေစေခဲ့ပါသည်။ အစိမ်းရောင်မိုးမခပင်များကြောင့် တည်းခိုဆောင်များကလည်း စိမ်းလန်းစိုပြေလာသဖြင့် ခွဲခွာခြင်းအတွက် ပေါ့ပါးမှုများကို ပေါ်လွင်စေပါသည်။ အနောက် ရန်ကွမ်းဂိတ်တံခါးမှ ထွက်သွားလျှင် နောက်တစ်ခွက်သောက်ရန်၊ ပြန်လည် တွေ့ဆုံရန် မလွယ်တော့သည့် မိတ်ဆွေအား မခွဲခွာလိုမှုများကို ပြင်းထန်လေးနက်သော ခံစားမှုဖြင့်တင်ပြထားသည်မှာ အလွန် ဝမ်းနည်းကြေကွဲဖွယ်ကောင်းပါသည်။

唐詩選譯

15.《静夜思》李白

【原文】

床前明月光，疑是地上霜。举头望明月，低头思故乡。

【释文】

一片明亮皎洁的清辉，投射到床前来，不禁让人怀疑地上凝结了一层白皑皑的浓霜。举头仰望，是天上的一轮明月，是它的清辉而非霜痕。这样美好的月色让我不禁思绪翻飞，低下头来，那思绪早已飞回故乡了。

【解析】

这是一首家喻户晓人人能诵的诗歌。它以天然的、纯粹的语言表达了思乡的情绪。在月色如霜的夜晚，诗人仰望明月，思念故乡，情感真挚动人，并且写得清新朴素，明白如话。

15. တိတ်ဆိတ်ည၏ ဇာတိသို့အလွမ်း

လီပိုင် (Li Bai)

တောက်ပဖြူစင်သောလရောင်က ခုတင်ပေါ်သို့ ကျရောက်လာသောအခါ မြေပေါ်တွင် နှင်းတစ်လွှာက ဖုံးလွှမ်းနေသည်ဟု ထင်မြင်ဖွယ်ရာ ဖြစ်လာပါသည်။ ဦးခေါင်းကိုမော့ကြည့်လိုက်သောအခါတွင် မိုးပေါ်တွင် လမင်းကြီးရှိ၍ ၎င်း၏ အလင်းရောင်သာဖြစ်သည်။ နှင်းမဟုတ်ပါ။ ဤကဲ့သို့ လှပသာယာသော လရောင်အောက်တွင် ခေါင်းငုံ့ကာ အတွေးများက ဇာတိမြေသို့ လွင့်ပျံသွားပါသည်။

【ရှင်းလင်းချက်】

ဤကဗျာကို လူတိုင်းသိရှိကာ ရွတ်ဆိုပြနိုင်ကြသော ကဗျာတစ်ပုဒ်ဖြစ်သည်။ သဘာဝကျကာ ရှင်းလင်းသောစာသားများဖြင့် ဇာတိမြေကို လွမ်းဆွတ်မှုများအား ဖော်ပြထားပါသည်။ နှင်းဖြူများကဲ့သို့သော လရောင်များရှိသည့်ညတွင် ကဗျာဆရာသည် လမင်းကြီးကို မော့ကြည့်ရင်းနှင့် ဇာတိမြေကို သတိရလွမ်းဆွတ်နေသောမေတ္တာမှာ ဖတ်ရှုသူများ ရင်တွင်းသို့ပင် ရောက်ရှိသွားကာ အရေးအသားမှာလည်း ရိုးရှင်းလွယ်ကူလှပါသည်။

唐詩選譯

16.《赠汪伦》李白

【原文】

李白乘舟将欲行，忽闻岸上踏歌声。桃花潭水深千尺，不及汪伦送我情。

【释文】

我乘坐一艘小船即将离去，忽然听到岸上传来歌声，原来是桃花潭的老百姓来为我送行了，他们踏地为拍，唱着歌为我送行。我不禁感叹，即使桃花潭的水有千尺深，也不及汪伦为我送别的情谊深啊。

【解析】

这首诗是诗人李白去安徽泾县桃花潭游玩时写成的作品。他去桃花潭游玩，当地人汪伦经常酿美酒来招待他，所以李白在离开的时候，写下了这首著名的作品。诗歌以清新自然的笔调写了离开时村民踏歌送别的情景，尤其精彩的是，写汪伦对其的情谊，以夸张对比的方式，突出了情谊之深厚。因这首诗歌，桃花潭一带留下很多美好的传说和可探访的遗迹。

16. ဝမ်းလွင်အတွက် လက်ဆောင်ကဗျာ

လီပိုင် (Li Bai)

ကျွန်ုပ်သည် လှေငယ်လေးစီးကာ ထွက်ခွာသွားတော့မည့်အခိုက် ရုတ်တရက် ကမ်းပါးပေါ်မှ သီချင်းသံ လွင့်ပျံ့လာသည်။ အမှန်မှာ မက်မွန်ကန်မှ ပြည်သူများက လိုက်ပါပို့ဆောင်ခြင်းဖြစ်သည်။ ၎င်းတို့သည် မြေတွင် စည်းချက်ဆောင့်ကာ သီချင်းဆိုရင်းနှင့် လိုက်ပို့ကြခြင်းဖြစ်သည်။ သက်ပြင်းတစ်ချက် ချမိပါသည်။ မက်မွန်ကန်ရေသည် အတောင်တစ်ထောင် နက်သော်လည်း ဝမ်းလွင်က ကျွန်ုပ်ကို လိုက်ပါပို့ဆောင်သော မေတ္တာခန့်မျှပင် နက်ရှိုင်းမည်မဟုတ်ပါ။

【ရှင်းလင်းချက်】

ဤကဗျာသည် ကဗျာဆရာလီပိုင်က အန်ဟွေးပြည်နယ် ကျင့်ခရိုင် မက်မွန်ကန်သို့ သွားရောက်လည်ပတ်ချိန်တွင် ရေးဖွဲ့ထားသော ကဗျာဖြစ်သည်။ မက်မွန်ကန်သို့ သွားရောက်လည်ပတ်ရာတွင် ဒေသခံတစ်ဦးဖြစ်သောဝမ်းလွင်သည် မကြာခဏ အရက်ချက်ကာ တည်ခင်း ဧည့်ခံတတ်သည်။ ထို့ကြောင့် လီပိုင်သည် ခွဲခွာခါနီးတွင် ဤနာမည်ကျော် ကဗျာကို ရေးဖွဲ့ခဲ့ပါသည်။ ကဗျာသည် သဘာဝကျသော အရေးအသားများဖြင့် ခွဲခွာခါနီးတွင် ရွာသူရွာသားများက သီချင်းဖြင့် လိုက်ပါပို့ဆောင်သောမြင်ကွင်းကို ရေးဖွဲ့ထားသည်။ အထူးကောင်းမွန်သည်မှာ ဝမ်းလွင်က ၎င်းအပေါ်ထားရှိသော မိတ်ဆွေသံယောဇဉ်ကို ရေးဖွဲ့ရာတွင် နှိုင်းယှဉ်သောနည်းလမ်းဖြင့် ရေးဖွဲ့ကာ မိတ်ဆွေသံယောဇဉ်ကို ပိုမိုပေါ်လွင်စေပါသည်။ ဤကဗျာကြောင့် မက်မွန်ကန်အနီးတစ်ဝိုက်တွင် လှပသော ဒဏ္ဍာရီများနှင့် သွားလာလည်ပတ်စရာနေရာများ ကျန်နေခဲ့ပါသည်။

17.《黄鹤楼送孟浩然之广陵》李白

【原文】

故人西辞黄鹤楼，烟花三月下扬州。孤帆远影碧空尽，唯见长江天际流。

【释文】

老朋友与我在黄鹤楼辞别，在这如烟花般绚烂的春天东下扬州。一叶小舟在江面上缓缓行进，越走越远，直至消失在碧空之中，所能看见的，只有那长江滚滚，流向天际罢了。

【解析】

这首诗歌写了一场充满诗意的离别。作者的朋友，也是他崇拜的诗人孟浩然要东行去往扬州，二人在黄鹤楼作别。扬州是唐代非常繁华的大都市，也是作者非常向往的地方，在这个春花似锦的季节，去扬州是多么美好的一件事情啊，所以作者将孟浩然的此行称为"烟花三月下扬州"，描述得非常优美和富有诗意。当时是开元盛世，天下太平，社会繁荣，这次离别跟那个兴盛的时代相关联，充满了青春和愉悦的气息，结尾韵味悠长，令人品味不尽。

17. ကွမ်လင်သို့သွားမည့် မုန့်ဟောက်ရန်ကို ကြိုးကြာဝါ အဆောင်တော်တွင် နှုတ်ဆက်ခြင်း

လီပိုင် (Li Bai)

မိတ်ဆွေဟောင်းနှင့်ကျွန်ုပ်တို့ ကြိုးကြာဝါအဆောင်၌ တွေ့ဆုံနှုတ်ဆက်ကြရာတွင် ဤကဲ့သို့ လှပနေသော နွေဦးရာသီတွင် အရှေ့ဘက်ရှိ ရန်ကျိုးမြို့သို့ သွားရမည်ဖြစ်သည်။ လှေငယ်လေးသည် မြစ်ပြင်ပေါ်တွင် တဖြည်းဖြည်းချင်း ရှေ့သို့ထွက်သွားရာ ပို၍ပို၍ ဝေးကွာသွားပါသည်။ နောက်ဆုံးတွင် မြင်ကွင်းမှပျောက်ဆုံးသွားကာ ယန်စီမြစ်၏ လှိုင်းလုံးများ တဝုန်းဝုန်းဖြင့် စီးဆင်းနေသည်ကိုသာ မြင်ရပါတော့သည်။

【ရှင်းလင်းချက်】

ဤကဗျာတွင် ကဗျာဆန်သော တွေ့ဆုံနှုတ်ဆက်ခွဲခွာမှုကို ရေးဖွဲ့ထားပါသည်။ ကဗျာဆရာ၏ လေးစားရသောမိတ်ဆွေ ကဗျာဆရာမုန့်ဟောက်ရန်သည် အရှေ့ဘက်ရှိ ရန်ကျိုးမြို့သို့ သွားရတော့မည်ဖြစ်ရာ နှစ်ဦးသား ကြိုးကြာဝါအဆောင်တွင် တွေ့ဆုံ နှုတ်ဆက်ကြခြင်းဖြစ်သည်။ ရန်ကျိုးမြို့သည် ထန်ခေတ်တွင် အလွန်စည်ကားသော မြို့ကြီးဖြစ်၍ ကဗျာဆရာက အလွန်သွားရောက်ချင်သော နေရာလည်းဖြစ်သည်။ ဤကဲ့သို့ နွေဦးပန်းများ ပွင့်လန်းနေသည့်ရာသီတွင် ရန်ကျိုးမြို့သို့သွားခြင်းသည် အလွန် ကောင်းမွန်သော ကိစ္စရပ်တစ်ခုဖြစ်သည်။ ထို့ကြောင့် ကဗျာဆရာသည် မုန့်ဟောက်ရန်၏ ယခုတစ်ခေါက်ခရီးစဉ်ကို သုံးလပိုင်း ရန်ကျိုးရှုခင်း အလှဆုံးချိန်တွင် ရန်ကျိုးသို့သွားမည်ဟု ရေးဖွဲ့ခဲ့သည်။ ရေးဖွဲ့ထားသည်မှာ အလွန်လှပကာ ကဗျာဆန်လှပါသည်။ ထိုအချိန် သည် ထန်ခေတ်၏ ငြိမ်းချမ်းမှုအရှိဆုံးအချိန်ဖြစ်ရာ လူ့အဖွဲ့အစည်းအတွင်း အေးချမ်း သာယာ၍ တိုးတက်စည်ကားလှပါသည်။ ယခုတစ်ခေါက် နှုတ်ဆက်ခြင်းသည် ထို ငြိမ်းချမ်းသောခေတ်နှင့် ပတ်သက်ဆက်နွယ်မှု ရှိပါသည်။ နပျိုမှုနှင့် ပျော်ရွှင်သော အငွေ့အသက်များပါဝင်ကာ နိဂုံးတွင် အဓိပ္ပာယ်ရှိ၍ ခံစားရမကုန်နိုင် ဖြစ်စေခဲ့ပါသည်။

唐詩選譯

18.《行路难》李白

【原文】

金樽清酒斗十千，玉盘珍羞直万钱。停杯投箸不能食，拔剑四顾心茫然。欲渡黄河冰塞川，将登太行雪满山。闲来垂钓碧溪上，忽复乘舟梦日边。行路难，行路难，多歧路，今安在？长风破浪会有时，直挂云帆济沧海。

【释文】

宴会上摆满了美味佳肴，金酒杯中斟满了昂贵的名酒，洁白的玉盘中盛着价值万钱的菜肴。而我面对着这些美食却无从下口，放下筷子，推开酒杯，拔出佩剑，举目四顾，内心茫然。想要成就一番事业，却如同想要渡过黄河，黄河却结了冰，想要登上太行山，太行山却下了大雪，要遭遇如此的挫折。正在迷茫之际，忽然想到吕尚在磻溪钓鱼而得遇文王，伊尹在受聘商汤前曾梦到乘舟从日月边经过。唉，前路崎岖啊，前路难行啊，又如此多岔路，哪一条才是我的成功之路呢？不管前路如何，终有一天我会像刘宋时宗悫所说的那样，驾长风破万里浪，挂上云帆，横渡沧海，直达理想的彼岸。

18. ခရီးဆက်ရန် ခက်ခဲခြင်း

လီပိုင် (Li Bai)

ပွဲတော်တွင် အစားအစာမျိုးစုံကို ခင်းကျင်းထားကာ ရွှေအရက်ခွက်တွင် အလွန်တန်ဖိုးကြီးသောအရက်များကို ထည့်ထားပါသည်။ ဖြူစင်သော ကျောက်စိမ်း ပန်းကန်တွင် ငွေသောင်းနှင့်ချီ၍ တန်ဖိုးရှိသောဟင်းများကို ထည့်ထားပါသည်။ သို့သော် ထိုကဲ့သို့သော စားကောင်းသောက်ဖွယ်များကို မစားမသောက်နိုင်ဘဲ တူကိုချ၊ အရက်ခွက်ကိုဘေး၌ထား၊ လက်ကိုင်ဓားကိုထုတ်ကာ လေးဖက်လေးတန်ကိုကြည့်၍ အတွင်းစိတ်၌ ရှုပ်ထွေးနေရပါသည်။ လုပ်ငန်းကြီးများ လုပ်လိုသောအချိန်တွင် မြစ်ဝါမြစ်ကိုဖြတ်လိုသော်လည်း မြစ်ဝါမြစ်ရေခဲသွားသကဲ့သို့၊ ထိုက်ဟန်တောင်ပေါ် သို့တက်လိုသော်လည်း ထိုက်ဟန်တောင်တွင် နှင်းကျနေသကဲ့သို့ အခက်အခဲများစွာ ကြုံတွေ့ရသည်။ တွေဝေနေစဉ်အချိန်တွင် ရှေးခေတ်က လွီရှန့်ဟူသောလူတစ်ဦးသည် ရေကန်ဘေး၌ ငါးမျှားနေခိုက် ဝင်ဘုရင်နှင့် တွေ့ဆုံရပုံ၊ ရှန်းထန်းခေတ် ယင်ရင် ဟူသောလူတစ်ဦးသည် ဘုရင်၏ ဖိတ်ကြားမှုမခံရမီက လှေငယ်လေးဖြင့် နေ၊ လတို့၏ဘေးမှ ဖြတ်သွားရသည်ဟု အိပ်မက်မက်ဖူးပုံများကို ကျွန်ုပ် ရုတ်တရက် စဉ်းစားမိသည်။ အင်း၊ ရှေ့ဆက်ရမည့်လမ်းက ခက်ခဲလှသည်။ သွားရန်မလွယ်တော့ပေ။ လမ်းခွဲများ ဤမျှများပြားရာ မည်သည့်လမ်းက ကျွန်ုပ်၏ အောင်မြင်မှုလမ်း ဖြစ်မည်နည်း။ ရှေ့လမ်းများ မည်ကဲ့သို့ပင်ဖြစ်စေ တစ်ချိန်ချိန်တွင် လျိုစုန့်ခေတ်က ဇုန်းချွဲ့ (Zong Que) ပြောသကဲ့သို့ ရွက်လှေကြီးကိုစီး၍ လှိုင်းတံပိုးများထန်သော ပင်လယ်ပြင်ကိုကျော်ဖြတ်၍ မျှော်လင့်ခြင်း ပန်းတိုင်သို့ အရောက်သွားရမည် ဖြစ်ပါသည်။

【解析】

这首诗歌是唐代天宝三载（744年）李白离开长安时所作。诗人本希望能够大有作为，却遭遇挫折被玄宗赐金放还。诗歌以情绪的激荡跳跃表达了复杂矛盾的心情，在感情的大开大合、大起大落中，交织着失望与希望、迷茫和追求，最终振奋精神，以乐观、昂扬的姿态表达了仍然要积极向上，理想终会实现的可贵的执着。这首诗歌代表了李白诗歌的一大特征，情感的激荡起伏，情绪的尽情宣泄，风格的豪放洒脱以及永远乐观向上的精神。在这首诗歌中，我们看到了诗人遭受挫折之后迷茫和低落的情绪，以古代圣贤的遭遇来勉励自己的执着以及昂扬不倒的乐观精神。尤其诗歌的结尾，是激励了无数读者奋发向上的名句，它以豪放的、乐观的、自信的、浪漫的情怀高唱着理想终将实现，就如同在大海上扬帆，鼓着风、迎着浪，最终将到达理想的彼岸一样。

【ရှင်းလင်းချက်】

ဤကဗျာကို ထန်ခေတ် ထျန်းပေါင်သုံးနှစ် (၇၄၄ ခုနှစ်) ကဗျာဆရာလီပိုင် ချန်အန်းမြို့မှထွက်ခွာချိန်တွင် ရေးစပ်ထားခြင်းဖြစ်သည်။ ကဗျာဆရာသည် လုပ်ငန်းကြီးများလုပ်လိုသော်လည်း အခက်အခဲများကြုံတွေ့ရကာ ထန်ရွှမ်ဇုန်းဘုရင်၏ ရွှေငွေချီးမြှင့်ပေးသနားကာ ပြန်လွှတ်ခြင်းကို ခံခဲ့ရသည်။ ကဗျာတွင် စိတ်လှုပ်ရှား ခံစားမှုများ တက်ကြွလာရာမှတစ်ဆင့် ရှုပ်ထွေးကာ ဒွိဟဖြစ်သောစိတ်ကို ဖော်ပြထားပါသည်။ စိတ်ခံစားချက်၏ အပြောင်းအလဲကြီးမားမှုများ မျှော်လင့်ချက်နှင့် မျှော်လင့်ချက်ပျောက်ဆုံးမှုများ၊ ဝေဝါးမှုနှင့်လိုလားမှုများ ရောနှောနေကာ နောက်ဆုံးတွင် စိတ်အားတင်းကာ အကောင်းမြင်မှု၊ ကောင်းမွန်တက်ကြွသောသဘောထားဖြင့် အကောင်းဆုံးအနေအထားအဖြစ် တန်ဖိုးထားကာ မျှော်လင့်ချက်ကို အကောင်အထည်ပေါ်လာစေရန် ကြိုးစားလိုမှုများကို ဖော်ပြထားပါသည်။ ဤကဗျာသည် လီပိုင်ကဗျာများ၏ ထူးခြားချက်တစ်ခုဖြစ်ကာ ခံစားချက်များ လှုပ်ရှားပေါက်ထွက်လာ၍ အကောင်းမြင်စိတ်ဓာတ်များကို ပေါ်လွင်စေရန်ရေးဖွဲ့ထားပါသည်။ ဤကဗျာတွင် ကျွန်ုပ်တို့မြင်နိုင်သည်မှာ ကဗျာဆရာသည် အခက်အခဲများ ကြုံတွေ့ပြီးနောက် တွေဝေမှုနှင့်စိတ်ဓာတ်ကျမှု ခံစားချက်များကို တွေ့မြင်နိုင်ပါသည်။ ရှေးခေတ်ပညာရှင်၏ အတွေ့အကြုံနှင့် မိမိကိုယ့်ကို အားပေးထားသည့် အရှုံးမပေးသော စိတ်ဓာတ်ကိုလည်း တွေ့ရပါသည်။ အထူးသဖြင့် ကဗျာနိဂုံးတွင် စာဖတ်သူပေါင်းများစွာကို အားပေးထားသည့်စာသားများ ပါဝင်ပါသည်။ ပွင့်လင်းမှု၊ အကောင်းမြင်မှု၊ ယုံကြည်ချက် ရှိမှု၊ စိတ်ကူးယဉ်ဆန်သော စိတ်ထားများဖြင့် နောက်ဆုံးတွင် မျှော်လင့်ချက်များ အကောင်အထည်ပေါ်လာမည်ဟု အားပေးထားသည်။ ပင်လယ်ပြင်တွင်းမှ ရွက်လှေကဲ့သို့ လေကိုဆန်၊ လှိုင်းကိုကန်၍ နောက်ဆုံးတွင် မျှော်လင့်ထားသောကမ်းခြေကို ရောက်ရှိလာသကဲ့သို့ပင် ဖြစ်ပါသည်။

唐詩選譯

19.《望庐山瀑布》李白

【原文】

日照香炉生紫烟，遥看瀑布挂前川。飞流直下三千尺，疑是银河落九天。

【释文】

阳光照在庐山香炉峰上，生出袅袅紫烟。远远望去，瀑布像一条巨大的白练一样高悬于山川之间。飞腾的流水从高空倾泻而下，如此的壮观，不禁让人怀疑是天上的银河从天而降。

【解析】

这是一篇写庐山瀑布的名作。庐山香炉峰，常有烟云聚散，如同一座香炉，所以诗歌开篇写香炉峰在阳光的照耀下，云气缭绕，折射出紫色的光芒，仿佛一座巨大香炉散发出缭绕的香气。而山壁上的瀑布，远望如同一条巨大的缎带挂于山前。这个“挂”字从远观的角度来写，运用得别出心裁。而后两句尤为著名，将庐山瀑布气势浩大、奔腾直下的壮观写得异常惊心动魄，山之高峻、水之迅疾，都生动地体现出来了。而结尾比喻的运用，符合了诗歌豪迈壮观的风格，运用得新奇而真切。

19. လူရှန်းတောင်မှ ရေတံခွန်သို့ မျှော်ကြည့်ခြင်း

လီပိုင် (Li Bai)

နေအလင်းရောင်သည် လူရှန်းတောင်၏ အမွှေးတိုင်များပူဇော်ရာ တောင်ထွတ်ပေါ်သို့ ကျရောက်နေကာ ထိုနေရာမှ မီးခိုးငွေ့များ အူထွက်နေပါသည်။ အဝေးမှကြည့်လျှင် ရေတံခွန်သည် ကြီးမားလှသော ပိုးပဝါစကြီးကဲ့သို့ဖြစ်၍ မြင့်မားသော တောင်တန်းများအကြားတွင် ချိတ်ဆွဲထားသကဲ့သို့ ဖြစ်နေပါသည်။ လွင့်ပျံနေသော ရေစီးကြောင်းများသည် မိုးအမြင့်မှ အောက်သို့သွန်းချသကဲ့သို့ ခမ်းနားလှပကာ မိုးပေါ်မှ ကြယ်စင်စု ကြီးကျလာသည်ဟု ထင်မှတ်ရလောက်အောင်ပင် ဖြစ်သည်။

【ရှင်းလင်းချက်】

ဤကဗျာသည် လူရှန်းတောင် ရေတံခွန်ကိုရေးဖွဲ့သော နာမည်ကျော်ကဗျာဖြစ်သည်။ လူရှန်းတောင်ရှိ အမွှေးတိုင်များပူဇော်ရာတောင်ထွတ်တွင် မီးခိုးငွေ့များ မကြာခဏဖြစ်ပေါ်တတ်ရာ အမွှေးတိုင်အိုးကြီးနှင့် တူလှပေသည်။ ထို့ကြောင့် ကဗျာအစတွင် အမွှေးတိုင်ပူဇော်ရာတောင်ထွတ်သည် နေရောင်အောက်တွင် တိမ်များပတ်လည်ဝိုင်းကာ ခရမ်းရောင်ရောင်ခြည်များ ထိုးထွက်နေသည်မှာ အစစ်အမှန် အမွှေးတိုင်အိုးကြီးကို မီးခိုးများ ပတ်လည်ဝိုင်းနေသကဲ့သို့ပင် ရှိပါသည်။ တောင်ကမ်းပါးပေါ်ရှိရေတံခွန်သည် အဝေးမှကြည့်လျှင် ကြီးမားသောပိုးပဝါစကြီးကို တောင်စောင်းပေါ်တွင် ချိတ်ထားသကဲ့သို့ ရှိနေပါသည်။ ချိတ်ထားသည်ဟုဆိုသည်မှာ အဝေးကြည့်ရှုထောင့်မှ ရေးဖွဲ့ထားခြင်းဖြစ်ကာ စကားလုံးအသုံးအနှုန်းသည်လည်း အလွန်ပင်ထူးခြားပါသည်။ နောက်ပိုင်းစာနှစ်ကြောင်းသည် အလွန်နာမည်ကြီးပါသည်။ လူရှန်းတောင်ရေတံခွန်၏ အားမာန်ပြည့်မှု၊ ရေစီးသန်မှုများကို ရေးဖွဲ့ထားသည်မှာ စိတ်ကို အလွန်လှုပ်ရှားစေပါသည်။ တောင်၏မြင့်မားမှု၊ ရေအလျင်မြန်ဆန်စွာ စီးဆင်းမှုများအားလုံးကို အသက်ဝင်စွာ သရုပ်ဖော်ထားပါသည်။ နောက်ဆုံး နိဂုံးတွင် နှိုင်းယှဉ်မှုကိုအသုံးပြုကာ ရေးဖွဲ့ထားသည်မှာလည်း ကဗျာ၏ ထည်ဝါခမ်းနားသောပုံစံနှင့် ကိုက်ညီကာ အသုံးပြုမှုမှာ ထူးခြားပြောင်မြောက်လှပါသည်။

唐詩選譯

20.《黄鹤楼》崔颢

【原文】

昔人已乘黄鹤去，此地空余黄鹤楼。黄鹤一去不复返，白云千载空悠悠。晴川历历汉阳树，芳草萋萋鹦鹉洲。日暮乡关何处是？烟波江上使人愁。

【释文】

昔日的仙人们已乘黄鹤离去，这里只剩了黄鹤楼。载着仙人们离去的黄鹤也一去不复返，只有黄鹤楼上空的白云悠悠，千百年来，看世事苍茫。在黄鹤楼上远望，阳光下江水对岸，汉阳一带的树木历历在目，鹦鹉洲上的芳草繁茂，绿意盎然。日暮时分，远眺故乡，烟波浩渺中竟无从寻觅，愁绪不禁悄然袭上心头。

20. ကြိုးကြာဝါအဆောင်တော်

ချွေးဟောက် (Cui Hao)

ယခင်က ဝိဇ္ဇာများအားလုံးသည် ကြိုးကြာဝါကိုစီးကာ ထွက်ခွာသွားခဲ့ ကြပြီ ဖြစ်သည်။ ဤနေရာတွင် ကြိုးကြာဝါအဆောင်တော်သာ ကျန်နေတော့သည်။ ဝိဇ္ဇာ များကို ခေါ်ဆောင်သွားသော ကြိုးကြာဝါများသည်လည်း ပြန်မလာကြတော့ပါ။ ကြိုးကြာဝါ အဆောင်တော်ပေါ်မှ မိုးတိမ်ဖြူဖြူများသာ လောကရှိ နှစ်ပေါင်းများစွာ၏ အဖြစ်အပျက်များကို ကြည့်ရှုကာ ကျန်နေရစ်ခဲ့ကြပါသည်။ ကြိုးကြာဝါအဆောင်ပေါ်မှ လှမ်းမျှော်ကြည့်လျှင် နေရောင်ခြည်အောက်မှ မြစ်ကမ်းနှင့် ဟန့်ရန်ဒေသတစ်ဝိုက်မှ သစ်တောများအားလုံးကို မြင်တွေ့နိုင်ပါသည်။ သာလိကာကျွန်းပေါ်တွင် မြက်ပင်ထူထူ များဖြင့် စိမ်းလန်းစိုပြည် လှပါသည်။ နေဝင်ချိန်တွင် ဇာတိမြေသို့ အဝေးမှလှမ်းမျှော်ကြည့်ရင်းနှင့် မီးခိုးတိမ်များကြား၌ မည်ကဲ့သို့ကြည့်ရမည်ဟုမသိဘဲ ရင်တွင်း၌ ဝမ်းနည်းစိတ်များသာဖြစ်ပေါ်လာရပါသည်။

【解析】

这首作品被认为是题咏黄鹤楼的绝唱，传说李白来到黄鹤楼，想要赋诗咏叹，见崔颢所题的这首诗，便搁笔不写了，道“眼前有景道不得，崔颢题诗在上头”。诗歌首联、颔联写古今黄鹤楼的变迁，昔年的仙人、黄鹤都杳然无踪，只留下这座楼和天上的白云悠悠，生发出世事苍茫之感。发兴高远，气概苍莽。而连用三个黄鹤，却不嫌累赘和重复，反而有气势连贯而下，不可阻挡之势。颈联写阳光下从黄鹤楼上远眺的景色，对仗工整，体现了景色的秀丽。诗歌结尾部分写因楼上遥望故乡，烟波浩渺之处无可寻觅，生发思乡之情，韵味悠远。

【ရှင်းလင်းချက်】

ဤကဗျာသည် ကြိုးကြာဝါအဆောင်တော်အမည်ဖြင့် ရေးဖွဲ့သော အကောင်းဆုံးကဗျာဖြစ်သည်ဟု ယူဆကြသည်။ ဒဏ္ဍာရီအရ ကဗျာဆရာလီပိုင်သည် ကြိုးကြာဝါအဆောင်တော်သို့ ရောက်ရှိလာခဲ့ပြီးနောက် ကဗျာရေးမည်ဟု အကြံရခဲ့သည်။ ချွေးဟောက်ရေးခဲ့သော ကဗျာကိုတွေ့သောအခါ စုတ်တံကိုချကာ ဆက်မရေးဖြစ်တော့ပေ။ ရှုခင်းကိုမြင်နေရသော်လည်း ပြော၍မထွက်ဘဲ ချွေးဟောက်ရေးခဲ့သောကဗျာသည် ကောင်းမွန်လွန်းသည့်အတွက် ပိုမိုသာလွန်သည်အထိ မရေးနိုင်တော့ဟု ဆိုခဲ့သည်။ ကဗျာပထမအပိုဒ်၊ ဒုတိယအပိုဒ်များတွင် ရေးအခါနှင့်ယခုအခါ ကြိုးကြာဝါအဆောင်တော်၏ ပြောင်းလဲပုံကို ရေးဖွဲ့ထားသည်။ ယခင်က နတ်သားများနှင့် ကြိုးကြာဝါများကိုကား ရှာမတွေ့တော့ပါ။ ဤအဆောင်တော်နှင့် မိုးပေါ်မှတိမ်ဖြူများသာ ကျန်နေရစ်သဖြင့် သံဝေဂရစရာ ဖြစ်ပါသည်။ ကြိုးကြာဝါဟူ၍ သုံးကြိမ်ဆက်တိုက် အသုံးပြုထားသော်လည်း ပိုနေသည်၊ ထပ်နေသည်ဟုမထင်ရဘဲ အားမာန်ပြည့်ဝကာ အဆင်ပြေ၍ တားဆီးမရနိုင်သည့် အင်အားတစ်ခုဟု ခံစားရပါသည်။ တတိယပိုဒ်တွင် နေရောင်အောက်ရှိ ကြိုးကြာဝါအဆောင်တော်မှ အဝေးသို့မျှော်ကြည့်သော ရှုခင်းဖြစ်သည်။ သပ်ရပ်၍ အလှအပတရားများကို ပေါ်လွင်စွာ ရေးဖွဲ့ထားပါသည်။ ကဗျာနိဂုံးပိုင်းတွင် အဆောင်တော်ပေါ်မှ ဇာတိမြေသို့ လှမ်းမျှော်ကြည့်ရှုရာတွင် မီးခိုးငွေ့များကြောင့် မည်သည့်အရာကိုမျှမမြင်ရဘဲ ဇာတိမြေကိုသတိရစိတ်များ တဖွားဖွားပေါ်လာသည်ကို ရေးဖွဲ့တင်ပြထားပါသည်။

21.《凉州词》王翰

【原文】

葡萄美酒夜光杯，欲饮琵琶马上催。醉卧沙场君莫笑，古来征战几人回？

【释文】

西域盛产的葡萄美酒盛在夜光杯中，正在准备开怀畅饮时有人在马上弹奏起了琵琶来劝酒。如果我醉卧沙场了你不要笑话，自古以来参加征战的士卒有几人是活着回来的呢？

【解析】

这是一首写边塞生活的诗歌，充分体现了盛唐边塞诗的特色，被广为传颂。诗歌前两句，写了一场热闹非凡的军中盛宴，葡萄美酒、夜光杯、琵琶都是西域特有的事物，展示出浓郁的边地色彩，同时也营造出欢乐酣畅的氛围。而后两句，对于沙场醉卧一事，诗人更以一种豪迈慷慨的气概、无畏生死的态度表达了豁达的胸襟和怀抱，情调的昂扬自信、语言的明快跳跃，具有令人无比激动和向往的艺术魅力，这也是盛唐时代的精神和气息，体现了盛唐诗歌的一大特色。

21. လျှန်ကျိုးတေး

ဝမ်ဟန့် (Wang Han)

အနောက်ဘက်ဒေသတွင်သာ ထုတ်သောဝိုင်အရက်ကို ညလင်းခွက်၌ထည့်ကာ အားရပါးရသောက်မည်ဟု ပြုနေချိန်တွင် မြင်းပေါ်မှလူတစ်ယောက်သည် ဗျပ်စောင်းတီးကာ အားပေးလာပါသည်။ အကယ်၍ စစ်ပွဲတွင် ကျွန်ုပ်မူးလဲသွားလျှင် သင်မရယ်ပါနှင့်။ ရှေးအစဉ်အဆက် စစ်ပွဲများတွင် ပါဝင်တိုက်ခိုက်ခဲ့သော စစ်သည်များအနက် ဦးရေမည်မျှ အသက်ရှင်လျက် ပြန်လာနိုင်ခဲ့ကြပါသနည်း။

【ရှင်းလင်းချက်】

ဤကဗျာသည် နယ်စပ်စခန်းဘဝကို ရေးသားထားသော ကဗျာဖြစ်သည်။ တိုးတက်သာယာသည့် ထန်ခေတ် နယ်စပ်စခန်းကို အပေါ်လွင်ဆုံး တင်ပြထားခြင်းဖြစ် သောကြောင့် နှစ်သက်သဘောကျကြသည်။ ကဗျာ၏ ပထမဆုံးစာနှစ်ကြောင်းတွင် စည်ကား လှသည့် တပ်တွင်းစားသောက်ပွဲ အကြောင်းကို သရုပ်ဖော်ထားသည်။ ဝိုင်အရက်၊ ညလင်းခွက်၊ ဗျပ်စောင်းစသည့် အနောက်ပိုင်းဒေသ၌သာရှိသော ပစ္စည်းများထည့်သွင်းရေးဖွဲ့ထားသောကြောင့် နယ်စပ်ဒေသအကြောင်းအရာများကို တင်ပြထားသည်နှင့်တစ်ချိန်တည်း တွင် ပျော်ရွှင်ဖွယ်ရာ ပတ်ဝန်းကျင်အနေအထားကိုပါ ဖော်ပြထားသည်။ ထို့နောက် ဒုတိယ စာနှစ်ကြောင်းတွင် စစ်ဆင်ရေးအချိန်အတွင်း မူးလဲသည့်ကိစ္စကို ကဗျာဆရာသည် ပိုမိုပွင့်လင်းသောသဘောထား၊ အသေခံရဲသည့်စိတ်ဓာတ်တို့ဖြင့် စိတ်နှလုံးကြီးမြတ်မှုနှင့် သဘောထားကြီးမှုတို့ကို ဖော်ပြထားပါသည်။ စာသားနှင့် စိတ်ခံစားချက်တို့၏ လျင်မြန်မှု၊ ယုံကြည်မှုတို့ကြောင့် ကဗျာဖတ်ရှုသူတို့အား ခံစားရစေ၍ အနုပညာ၏ဆွဲဆောင်မှုများကို ပြသနေပါသည်။ ဤသည်မှာလည်း တိုးတက်သာယာသည့် ထန်ခေတ်၏ စိတ်ဓာတ်နှင့် အငွေ့အသက်များကို ဖော်ပြပေးနေသည့် ထန်ခေတ်ကဗျာများ၏ ထူးခြားချက်တစ်ခု ဖြစ်ပါသည်။

唐詩選譯

22.《别董大》高适

【原文】

千里黄云白日曛，北风吹雁雪纷纷。莫愁前路无知己，天下谁人不识君？

【释文】

千里长天，风沙弥漫，太阳和白云都蒙上了一层黄色，变得黯淡无光。北风劲吹，大雪飞扬，大雁翱翔。就要送你离开了，何必忧虑远方没有知己和朋友呢，天下又有谁不认识你董大呢？

【解析】

这是一首气势豪迈的送别之作，开篇两句描画了北方冬天的典型画面，风沙弥漫，天地昏黄，大雪飞扬，北风强劲，也为离别营造出暗淡愁惨的氛围。但后两句，以豪迈而质朴的语言劝慰朋友，何愁远方孤单无友，哪怕你走遍天下，都有认识你的人，也都会成为你的朋友，表现出阔大高远的胸襟和怀抱。

22. တုန်တကို နှုတ်ဆက်ခြင်း

ကောင်းရှစ် (Gao Shi)

မိုင်ထောင်ချီသည့်ကောင်းကင်တွင် သဲမှုန်များဖုံးလွှမ်းနေရာ နေမင်းနှင့်မိုးတိမ်တို့ပင် အဝါရောင်များဖြစ်၍ နေရောင်များ ပျောက်ကွယ်နေပါသည်။ မြောက်လေ ပြင်းထန်စွာတိုက်၍ နှင်းများကျချိန် ငန်းကြီးများအပျံတွင် သင့်ကို လိုက်ပို့ရတော့မည်။ ထိုနေရာတွင် သင့်၌ မိတ်ဆွေ၊ သူငယ်ချင်းမရှိမည်ကို အဘယ်ကြောင့် စိတ်ပူစိုးရိမ်နေသနည်း။ လောကကြီးတွင် သင်တုန်တကို မသိသောသူ ရှိပါသေးသလော။

【ရှင်းလင်းချက်】

ဤကဗျာသည် အားမာန်ပြည့်ဝသော နှုတ်ဆက်ကဗျာတစ်ပုဒ် ဖြစ်သည်။ အစ စာနှစ်ကြောင်းသည် မြောက်ပိုင်း ဆောင်းရာသီရှုခင်းကို ပုံဖော်ထားသည်။ သဲမှုန်များလွင့်၍ မိုးမြေမှောင်မိုက်ကာ နှင်းများအကျ၊ မြောက်လေအတိုက် ဖြစ်နေခြင်းသည် ခွဲခွာခြင်းအတွက် ဝမ်းနည်းကြေကွဲဖွယ် အငွေ့အသက်များအဖြစ် အထောက်အကူ ပြုပေးနေပါသည်။ သို့သော် နောက်ဆုံး စာနှစ်ကြောင်းတွင် အားမာန်ပြည့်ဝကာ ရိုးသားသောစကားဖြင့် မိတ်ဆွေ ကို နှစ်သိမ့်ပေးနေသည်။ ထိုနေရာတွင် မိတ်ဆွေမရှိမည်ကို စိတ်ပူစရာမလိုကြောင်း၊ လောကကြီး တစ်ခုလုံးတွင် သင်က မည်သည့်နေရာသို့သွားရသည်ဖြစ်စေ သင့်ကိုသိသောသူတော့ ရှိပါ လိမ့်မည်။ သင်၏မိတ်ဆွေများ ဖြစ်လာပါလိမ့်မည်။ အဝေးသို့ မျှော်ကြည့်တတ်သော သဘောထားနှင့်စိတ်ဓာတ်တို့ကို ဖော်ပြနေပါသည်။

23.《逢雪宿芙蓉山主人》刘长卿

【原文】

日暮苍山远，天寒白屋贫。柴门闻犬吠，风雪夜归人。

【释文】

傍晚时分，暮色苍茫，山路遥远，我投宿在芙蓉山上的一户人家。在寒冷的夜色中，这间简陋的茅屋越发显得贫寒。夜深了，门口传来狗叫的声音，原来是茅屋的主人在风雪之中回来了。

【解析】

这首诗歌写了诗人在冬天的夜里投宿芙蓉山中一户农家的情景。诗歌文笔简淡凝练，意味深永，为我们勾勒了一幅旅人日暮投宿、主人风雪夜归的图景。全诗四句，每一句都是一幅独立的画面，含蓄隽永，表现出诗人高超的写景艺术。全诗虽无一字抒情，却在山居的荒凉和环境的静寂中寄寓着诗人孤寂落寞的情怀。

23. နှင်းကျချိန်တွင် ပဒုမ္မာတောင် မိသားတစ်စုထံတွင် နားခိုခြင်း

လျို့ချန်ချင်း (Liu Changqing)

ညခင်းအချိန်၊ အလင်းမှိန်မှိန်၊ တောင်လမ်းဝေးဝေး၊ ပဒုမ္မာတောင်ပေါ်ရှိ မိသားတစ်စုထံတွင် တည်းခိုနားနေခဲ့သည်။ ချမ်းအေးသည့်ညဘက်တွင် ဤစုတ်ပြတ်သော မြက်တဲလေးသည် ပို၍ ဆင်းရဲနေသကဲ့သို့ပင်။ ညဥ့်နက်ချိန်တွင် တံခါးအပြင်မှ ခွေးဟောင်သံများကြားရသည်။ အမှန်တကယ်မှာ မြက်တဲလေး၏ပိုင်ရှင်သည် နှင်း၊ လေများကြားမှ အိမ်သို့ပြန်လာခြင်း ဖြစ်ပါသည်။

【ရှင်းလင်းချက်】

ဤကဗျာသည် ကဗျာဆရာကိုယ်တိုင် ဆောင်းရက်တစ်ခု၏ညဘက်တွင် ပဒုမ္မာတောင်ပေါ်ရှိ မိသားတစ်စုထံတွင် တည်းခိုသော မြင်ကွင်းဖြစ်သည်။ ကဗျာသည် စာသားများ လွယ်ကူသပ်ရပ်ကာ အဓိပ္ပာယ်ရှိလှပါသည်။ စာဖတ်သူများအတွက် ခရီးသွားသည် ညဘက်တွင် သွားရောက်တည်းခို၍ ပိုင်ရှင်သည် နှင်း၊ လေများကြားတွင် အိမ်ပြန်လာသည့်မြင်ကွင်းကို ပုံဖော်ပြထားပါသည်။ ကဗျာတစ်ပုဒ်လုံးတွင် စကားလေးခွန်းသာပါရှိသည်။ စကားအခွန်းတိုင်းသည် သီးခြား ပန်းချီကားတစ်ချပ်ကဲ့သို့ဖြစ်သည်။ ကဗျာဆရာ၏ မြင့်မားသော ရှုခင်းပုံဖော်မှုအနုပညာကို ဖော်ပြနေပါသည်။ ကဗျာတစ်ပုဒ်လုံးတွင် စိတ်ခံစားကျစေမည့်စကား တစ်လုံးမျှမပါသော်လည်း တောတောင်တွင်း၌နေရသည့်ဘဝနှင့် ပတ်ဝန်းကျင်၏ တိတ်ဆိတ်အထီးကျန်မှုတို့ဖြင့် ကဗျာဆရာ၏ အထီးကျန်မှုများကို ဖော်ပြပေးနေပါသည်။

24.《春望》杜甫

【原文】

国破山河在，城春草木深。感时花溅泪，恨别鸟惊心。烽火连三月，家书抵万金。白头搔更短，浑欲不胜簪。

【释文】

都城沦陷，城池残破，虽山河依旧，但长安的春天，却草木丛生，一派荒芜的景象。感慨时事离乱，看到花儿绽放、鸟儿啼鸣这些本让人欢愉的事物，却反而堕泪惊心。战火持续了三个月，与家人音信断绝，此时一封家书真抵得上“万金”啊。想到国家危难，家信不通，这些忧虑充斥内心，不禁搔首踯躅，白发越来越稀疏，简直都要插不上簪子了。

24. နွေဦးတွင် ချန်အန်းသို့ မျှော်ကြည့်ခြင်း

တုဖူ (Du Fu)

မြို့တော်ကျဆုံး၍ မြို့ပြပျက်စီးကာ တောတောင်များ ရှိနေသေးသော်လည်း ချန်အန်းမြို့၏နွေဦးသည် မြက်ရိုင်းပင်များပေါက်ရောက်၍ အလွန် ဝေးလံခေါင်သီသည့်ပုံစံဖြစ်နေပါသည်။ ရှုပ်ထွေးသောကာလတွင် ပုံမှန်အားဖြင့် ပန်းများပွင့်၍ ငှက်လေးများ တွန်ကျူးနေကြသည့် ပျော်ရွှင်စေသော အခြေအနေများကို တွေ့ရသော်လည်း စိတ်ခံစားမှုကို အလွန် အေးစက်နေစေပါသည်။ စစ်မီးများသည် သုံးလခန့်ဆက်တိုက် လောင်ကျွမ်းနေကာ မိသားစုနှင့်လည်း အဆက်အသွယ်များ ပြတ်နေသဖြင့် ဤအချိန်တွင် အိမ်မှလာသောစာတစ်စောင်သည် ရွှေစင်တစ်သောင်းမက ထိုက်တန်ပါသည်။ နိုင်ငံတော်တွင် အတိဒုက္ခရောက်နေခြင်း၊ အိမ်နှင့် စာအဆက်အသွယ်မရခြင်းများကို စဉ်းစားမိသည့်အခါတိုင်းတွင် စိတ်နှလုံးတွင်း၌ ပူပင်မိကာ ဆံပင်ဖြူများပင် ပိုမိုဖြူ၍ ဆံပင်များလည်းကျဲပါးလာကာ ဆံထိုးပင် ထိုး၍မရတော့ပါ။

【解析】

这首诗歌写于唐肃宗至德二载（757 年）三月。安史叛军已经占领了首都长安，杜甫在去投奔肃宗的路上，被叛军俘获，带至长安，这首诗歌即写于此时。杜甫被称为“诗圣”，他的人生经历了唐王朝由盛转衰的历史时期，很多诗歌充满了忧国忧民的情怀，这就是一篇抒发爱国情怀、眷恋家人的作品。颔联为千古名句，面对春花春鸟，诗人没有觉得赏心悦目，反而溅泪惊心，皆因为国家残破，烽火不熄，家人隔绝，感情强烈而不浅露，深沉而又真挚。

【ရှင်းလင်းချက်】

ဤကဗျာသည် ထန်စုဇုန်းမင်းမြတ် ကျစ်တယ်ဒုတိယနှစ် (၇၅၇ ခုနှစ်) သုံးလပိုင်းတွင် ရေးဖွဲ့ထားခြင်းဖြစ်သည်။ အန်းရှစ်သူပုန်တပ်များသည် မြို့တော်ချန်အန်းကို သိမ်းပိုက်ပြီးနောက် တုဖူသည် စုဇုန်းမင်းမြတ်ထံသို့ သွားရောက်ခိုလှုံရာ လမ်းတွင် သူပုန်တပ်များ၏ ဖမ်းဆီးခြင်းကိုခံရကာ ချန်အန်းသို့ ပြန်လည်ခေါ်ဆောင်သွားခြင်း ခံရပါသည်။ ဤကဗျာသည် ထိုအချိန်တွင် ရေးဖွဲ့ခြင်းဖြစ်သည်။ တုဖူကို ကဗျာဝိဇ္ဇာဟု တင်စားကြကာ ၎င်း၏ဘဝသည် ထန်ခေတ် ကြီးကျယ်ခမ်းနားသောအချိန်မှ ကျဆုံးသွားချိန် တစ်လျှောက်လုံးကို ဖြတ်သန်းခဲ့ရပါသည်။ ၎င်း၏ ကဗျာအများစုသည် နိုင်ငံနှင့်လူမျိုးတို့၏ အခြေအနေကို စိုးရိမ်သည့်အတွက် ရေးဖွဲ့ထားခြင်းများဖြစ်သည်။ ဤကဗျာမှာလည်း နိုင်ငံချစ်စိတ်ကို ဖွင့်ထုတ်ထားသော၊ မိသားစု အပေါ်တွယ်တာစိတ်များကို ဖွင့်ထုတ်ထားသော ကဗျာတစ်ပုဒ်ဖြစ်သည်။ ကဗျာ၏ ဒုတိယစာကြောင်းသည် နာမည်ကျော်စာသားဖြစ်သည်။ နွေဦးပန်း၊ နွေဦးငှက်များကို တွေ့နေရသော်လည်း ကဗျာဆရာအနေဖြင့် ပီတိမဖြစ်သည့်အပြင် စိတ်နှလုံးခြောက်ခြားကာ နိုင်ငံတော်ပျက်စီး၍ စစ်မီးတောက်လောင်ကာ မိသားစုများ တကွဲတပြားဖြစ်ရသည့် ခံစားချက်များကို ပြင်းထန်သော စိတ်ရင်းအမှန်နှင့် ရေးဖွဲ့ထားသည်ကို တွေ့နိုင်ပါသည်။

唐詩選注

25.《春夜喜雨》杜甫

【原文】

好雨知时节，当春乃发生。随风潜入夜，润物细无声。野径云俱黑，江船火独明。晓看红湿处，花重锦官城。

【释文】

好像知道了人们最需要雨的季节，一场好雨在春天里悄悄地降临了。伴随着春风悄悄潜入夜里，无声无息中滋润了大地万物。夜晚田间的小路与天上的浓云俱是一片漆黑，只有江面的小船上亮着渔火一点。清晨的时候，看一看那锦官城内红艳潮湿的花丛，就知道是那春雨的作用了。

【解析】

这是一篇吟咏春雨，表达喜悦心情的名作。前四句围绕一个“好”字来写春雨，写了春雨没有辜负人们的期待，如约而至，“潜”字、“润”字则将春雨的降临写得特别传神，尤其突出了它的无私奉献，大爱无声。颈联则写了春雨来临的环境，用沉沉春夜里独明的渔火加以点染，写出了雨夜中独特的景观。诗歌通篇写雨，虽没有一句直接写“喜”，却没有一句不是蕴含着欣赏喜悦的，将春雨的情怀写得尤为崇高。

25. နွေဦးညရဲ့ မင်္ဂလာမိုး

တုဖူ (Du Fu)

လူသားများသည် မိုးကိုလိုအပ်ကြောင်း သိနေသည့်အလား နွေဦးရာသီတွင် မိုးကလေးက ရွာသွန်းလာခဲ့ပါတော့သည်။ နွေဦးလေနှင့်အတူ ညအတွင်းသို့ တိတ်တဆိတ်ဝင်ရောက်ကာ အသံမပေးဘဲ ကမ္ဘာမြေကြီးအား စိုစွတ်စေခဲ့ပါသည်။ ညသန်းကောင်အချိန်တွင် လယ်ကန်သင်းရိုးနှင့်မိုးပေါ်မှတိမ်များသည် မည်းမှောင်နေပါသည်။ မြစ်ပြင်ပေါ်မှ လှေငယ်လေး၏ ငါးဖမ်းမီးလေးသာ ထွန်းလင်းနေပါသည်။ နံနက်ခင်းအချိန်တွင် ကျင်ကွမ်းမြို့တွင်း၌ ဆေးရောင်စုံခြယ်ကာ လှပနေသော ပန်းပွင့်လေးများကိုကြည့်၍ နွေဦးမိုးကြောင့် ဖြစ်သည်ကို သိနိုင်ပါသည်။

【ရှင်းလင်းချက်】

ဤကဗျာသည် နွေဦးမိုးကို စပ်ဆိုထားသောကဗျာဖြစ်ကာ စိတ်ပျော်ရွှင်မှုကို ရေးဖွဲ့ထားပါသည်။ ရှေ့ပိုင်း ကဗျာစာလေးကြောင်းတွင် နွေဦးမိုးကို “ကောင်းသည်။” ဟူသောစကားလုံးဖြင့် ရေးဖွဲ့ထားပါသည်။ နွေဦးမိုးသည် လူသားတို့၏ မျှော်လင့်ချက်အတိုင်း အချိန်မှန် ရောက်လာခဲ့သည်။ “လျှိုးဝင်လာသည်၊ စိုစွတ်စေသည်” ဟူသော စကားလုံးများဖြင့် နွေဦးမိုးကျရောက်လာမှုကို ရေးဖွဲ့သည်မှာလည်း အလွန်ကောင်းမွန်ပါသည်။ အထူးသဖြင့် ၎င်း၏ အကြွင်းမဲ့ပေးဆပ်မှု၊ တိတ်ဆိတ်စွာ အကျိုးပြုမှုများကို ပေါ်လွင်စေပါသည်။ အလယ်ပိုဒ်တွင် နွေဦးမိုးရောက်ခါနီးအချိန်ကို ရေးဖွဲ့ထား၍ နွေဦးည၏ ငါးဖမ်းမီးများနှင့် တန်ဆာဆင်ကာ မိုးည၏ တစ်မူထူးခြားသောမြင်ကွင်းကို ရေးဖွဲ့ထားပါသည်။ ကဗျာတစ်ပုဒ်လုံးသည် မိုးအကြောင်းကိုရေးကာ ပျော်ရွှင်မှုအကြောင်းကို တိုက်ရိုက်ရေးဖွဲ့မထားသော်လည်း အကြောင်းအရာတိုင်းသည် ပျော်ရွှင်မှုများကို ခံစားရကြောင်း ပေါ်လွင်စေနေပါသည်။ နွေဦးမိုးကိုရေးဖွဲ့ပုံမှာ အလွန် အဆင့်မြင့်မားပါသည်။

唐詩選譯

26.《旅夜书怀》杜甫

【原文】

细草微风岸，危樯独夜舟。星垂平野阔，月涌大江流。名岂文章著，官应老病休。飘飘何所似？天地一沙鸥。

【释文】

微风吹拂着江岸上的细草，江上一艘孤舟树立着高高的桅杆，在夜色中独自停泊。广阔的原野上空，有苍穹浩渺，群星垂挂；月亮倒映在奔腾的大江中，似乎随着江流翻涌。诗文写得好，岂能因此而成名于世？自己又老又病，理应弃官不做。如今四处漂泊，居无定所，就像是天地间漂泊无依的一只沙鸥。

26. လေလွင့်ညမှာ အလွမ်းတေးသီ

တုဖူ (Du Fu)

လေပြည်လေးများသည် ကမ်းစပ်ဘေးမှ မြက်ပင်လေးများကို တိုက်ခတ်နေသည်။ မြစ်တွင်းရှိ လှေငယ်လေးပေါ်၌ အလံတိုင်တစ်တိုင်ကို ထောင်ထားကာ လှေငယ်လေးသည် ညဘက်တွင် အထီးကျန်စွာ ငြိမ်သက်နေပါသည်။ ကျယ်ပြောလှသော ကောင်းကင်တွင် ကြယ်စင်များ တောက်ပလျက်ရှိပါသည်။ လရောင်သည် မြစ်ပြင်ပေါ်သို့ ဖြာကျနေကာ မြစ်ရေစီးကြောင်းနှင့်အတူ စီးဆင်းနေသည်ဟု ထင်မှတ်ရပါသည်။ ကဗျာစာသားများ အလွန်ကောင်းမွန်လှသော်လည်း ၎င်းကဗျာဖြင့် မိမိကို နာမည်မကျော်ကြားစေနိုင်ပါ။ မိမိသည် အသက်အရွယ်လည်းအိုမင်းကာ ရောဂါများလည်း ထူပြောလှပြီဖြစ်ရာ ရာထူးမှနုတ်ထွက်၍ သွားသင့်ပါပြီ။ ယခုအခါ နေရာအနှံ့ လျှောက်သွားနေကာ နေထိုင်စရာနေရာလည်း သတ်သတ်မှတ်မှတ် မရှိပါ။ မိုးမြေကြားတွင် ဦးတည်ရာမဲ့ ပျံသန်းနေသော စင်ရော်ငှက်လေးနှင့် တူလှပါတော့သည်။

【解析】

这首诗写于杜甫晚年在西南一带漂泊之时。唐代宗永泰元年（765 年），杜甫离开成都草堂，携家乘舟东下，在岷江、长江一带漂泊，这首诗歌大概是他舟经渝州、忠州时所写。前四句写景，展开对旅途夜景的描绘，星夜孤舟，与诗末“天地一沙鸥”遥遥呼应。“星垂平野阔，月涌大江流”是千古传诵的名句，描绘了雄浑扩大的境界。后四句表达了诗人对自身遭际的感叹和漂泊无依的凄凉。诗人向来有远大的政治抱负，但最终没能有所成就，虽有诗名，但这实在不是他的愿望。他在东下前已经辞去严武幕府的职务，而且严武过世，他失去了经济上的依靠，如今只能像天地间的沙鸥一样，转徙江湖，到处飘零了。

【ရှင်းလင်းချက်】

ဤကဗျာသည် တုဖူ သက်ကြီးပိုင်းအချိန် အနောက်တောင်ပိုင်းတစ်လျှောက် လှည့်လည်သွားလာစဉ် ရေးဖွဲ့ထားသောကဗျာဖြစ်သည်။ ထန်ခေတ် တိုက်ဇုန်းမင်းမြတ် လက်ထက် ယုံထိုက်ယွမ်နှစ် (၇၆၅ ခုနှစ်) တွင် တုဖုသည် ချန်တူးမြို့ရှကွဲ့ဥယျာဉ်မှ ထွက်ခွာကာ မိသားစုတစ်စုလုံးနှင့်အတူ အရှေ့ဘက်သို့ လှေငယ်လေးဖြင့် ခရီးထွက်လာခဲ့သည်။ မင်ကျန်းမြစ်နှင့် ယန်စီမြစ်တစ်လျှောက်တို့တွင် လေလွင့်နေခဲ့ပြီးနောက် ဤကဗျာကို ယွီကျိုးဒေသ(ယနေ့စီချွမ်ပြည်နယ်ပါးမြို့)၊ ကျုံးကျိုးဒေသ(ယနေ့စီချွမ်ပြည်နယ်ကျုံးမြို့)တို့ကို လှေငယ်ဖြင့် ဖြတ်သန်းရာတွင် ရေးဖွဲ့ထားခြင်း ဖြစ်ဟန်တူသည်။ ရှေ့ဆုံးစာလေးပိုဒ်သည် ရှုခင်းများကို ရေးဖွဲ့ထားခြင်းဖြစ်သည်။ ညဘက်ခရီးသွားရှုခင်းကို ရေးဖွဲ့ရာတွင် ကြယ်စင်များလင်းသောညတွင် တစ်စီးတည်းသောလှေငယ်နှင့် ကဗျာတွင်းမှ "မိုးမြေကြားတွင် ဦးတည်ရာမဲ့ ပျံသန်းနေသော စင်ရော်ငှက်လေး" ဟူသည့်စာသားနှင့် လိုက်ဖက်လှပါသည်။ "ကြယ်စင်များ မြေပေါ်ကျ၊ လရောင်များ မြစ်ပေါ်ကျ" ဟူသည့် အရေးအဖွဲ့သည် ခေတ်အဆက်ဆက် လက်ဆင့်ကမ်းလာသောစာဖြစ်ကာ ကြီးမားခမ်းနားသောနယ်ပယ်ကို ရေးဖွဲ့ဖော်ပြထားပါသည်။ နောက်ပိုင်းစာလေးပိုဒ်သည် ကဗျာဆရာ၏ အတွေ့အကြုံ ဒုက္ခများအပေါ်တွင် ခံစားရမှုနှင့် လေလွင့်နေရသောဘဝဆိုးကို ဖော်ပြထားခြင်း ဖြစ်ပါသည်။ ကဗျာဆရာများသည် ကြီးမားသော နိုင်ငံရေးအသိစိတ်များ ရှိကြသော်လည်း နောက်ဆုံးတွင် အောင်မြင်မှုများကို မရနိုင်ခဲ့ကြပါ။ ကဗျာဆရာအနေဖြင့် နာမည်ကျော်ကြားသော်လည်း ၎င်းအမှန်တကယ်လိုလားသော မျှော်လင့်ချက်မဟုတ်ပေ။ အရှေ့ဘက်သို့ ထွက်မသွားမီကတည်းက ယန်ဝူစံအိမ်မှ အလုပ်ထွက်ခဲ့ပြီးဖြစ်ကာ ယန်ဝူကွယ်လွန်ပြီးနောက် တုဖူအနေနှင့် စီးပွားရေးအရ အားကိုးစရာ ဆုံးရှုံးသွားခဲ့လေသည်။ ယခုအချိန်တွင် ကောင်းကင်ပေါ်၌ ပျံသန်းနေသော စင်ရော်လေးများကဲ့သို့ လောကတစ်ခွင် ပျံသန်းလျက် နေရာအနှံ့ လေလွင့်နေရပါသည်။

唐詩選譯

27.《秋兴八首》（玉露凋伤枫树林）杜甫

【原文】

玉露凋伤枫树林，巫山巫峡气萧森。江间波浪兼天涌，塞上风云接地阴。丛菊两开他日泪，孤舟一系故园心。寒衣处处催刀尺，白帝城高急暮砧。

【释文】

白露凋零了江边的枫树林，使之变成红色的一片。巫山巫峡一带光线昏暗，阴气森森，幽暗不明。峡谷中的江水波涛汹涌，似乎要涌向天际；周边山峰连绵，阴云笼罩，天与地上下相接，混为一体。自从离开成都来到夔州，我已经两次看到菊花绽放了，想到长期在蜀地流寓，不禁悲从中来；打算乘舟北归的愿望也未能实现，看到停在岸边的小舟系而不发，不禁牵动了思乡之情。深秋了，人们纷纷开始赶制过冬的寒衣，暮色降临，白帝城中传来一阵阵捣衣的声音。

27. ဆောင်းဦးခံစားချက် ကဗျာရှစ်ပုဒ်

တူဖူ (Du Fu)

နှင်းများသည် မြစ်ကမ်းဘေးမှ သဖန်းတောကြီးကို ရွက်ကြွေတောကြီး ဖြစ်သွားစေကာ အနီရောင်များ သိမ်းသွားစေခဲ့ပါသည်။ ဂူးတောင်၊ ဂူးတောင်ကြားတစ်ဝိုက်တွင် အလင်းရောင်နည်းပါးကာ ကျောချမ်းဖွယ်ရာ တိတ်ဆိတ် ငြိမ်သက်လှပါသည်။ လျှိုမြောင်ကြားမှ မြစ်ရေများသည် အားမာန်အပြည့်ဖြင့် စီးဆင်းနေကာ မိုးကောင်းကင်အထိပင် တက်တော့မည်ကဲ့သို့ ဖြစ်နေပါသည်။ ပတ်ဝန်းကျင်တွင် တောင်ထွတ်များဝန်းရံနေကာ တိမ်များဖုံးလွှမ်းနေသဖြင့် မိုးနှင့်မြေကြီးဆက်စပ်နေကာ တစ်သားတည်းကျနေပါသည်။ ချိန်တူးမှထွက်ခွာကာ ခွေကျိုးဒေသ(ယနေ့စီချွမ်ပြည်နယ်ဖုန့်ကျယ်မြို့)သို့ ရောက်ရှိပြီးနောက် ဂန္ဓမာပန်းပွင့်သည်ကို နှစ်ကြိမ် ကြုံတွေ့ပြီးဖြစ်ပါသည်။ ရှုဒေသတွင် ကာလကြာရှည်စွာ လေလွင့်နေရသည်ကိုတွေးမိ၍ ဝမ်းနည်းလာမိပါသည်။ မြောက်ဘက်သို့ လှေစီးကာပြန်ရမည့် မျှော်လင့်ချက်များလည်း နည်းပါးနေပါသည်။ မြစ်ကမ်းနံဘေးတွင် ရပ်နားထားသော လှေငယ်လေးကိုကြည့်ကာ ဇာတိမြေကို လွမ်းဆွတ် တမ်းတလာမိပါသည်။ ဆောင်းဦးနှောင်းလာပြီဖြစ်၍ လူတို့သည် ဆောင်းတွင်းအဝတ်များကို ရက်လုပ်နေကြပါသည်။ ညဘက်ရောက်လာသောအခါ ပိုင်တိမြို့တွင်းမှ အဝတ်လျှော်သံများ ပျံ့လွင့်လာသည်ကိုလည်း ကြားနေရပါသည်။

【解析】

《秋兴八首》大约是在唐代宗大历元年（766年）杜甫五十五岁旅居夔州时所写的一组诗歌，共八首，主要怀念在长安时的见闻和经历，感情深沉，格律工稳，成就巨大，受到后世文人的推崇和仿效。本篇是第一首。前四句是诗人远眺巫山巫峡时所看到的景象，写景壮阔悲凉，寄寓了浓重的孤独抑郁之感。首句写景色彩秾丽，以玉露之“白”映衬枫树之“红”，又与下句之“幽暗昏黑”对应，色彩奇异，给人秋天肃杀、沉郁之感。而颔联写峡谷中动荡不安、冲向天际的江水和天地混为一体的景象，又暗示着诗人内心的忧虑不安。颈联以“丛菊两开”和“孤舟一系”，含蓄地表达了滞留蜀地、故园难归的悲伤和凄凉。结尾以暮色中传来的捣衣声作结，愈发加重诗人的思乡之情，韵味悠长。

【ရှင်းလင်းချက်】

(ဆောင်းဦးခံစားချက် ကဗျာရှစ်ပုဒ်)တို့သည် ထန်ခေတ် တိုက်ဖုန်းမင်းမြတ်လက်ထက် တလိယွမ်နှစ် (၇၆၆ ခုနှစ်) ခန့်တွင် တုဖူအသက် (၅၅) နှစ်အရွယ် ခွေကျိုးဒေသ၌ နေထိုင်ချိန်တွင် ရေးဖွဲ့ထားသော ကဗျာများဖြစ်သည်။ စုစုပေါင်းရှစ်ပုဒ်ရှိ၍ အဓိကမှာ ချန်အန်းမြို့၌ မြင်တွေ့ရသမျှနှင့် အတွေ့အကြုံများကို အမှတ်တရ ရေးဖွဲ့ထားခြင်းဖြစ်သည်။ ခံစားချက်လေးနက်၍ နည်းစနစ်ကျနသောကြောင့် အောင်မြင်မှု ကြီးမားခဲ့သည်။ နှောင်းလူများ၏ လေးစားမှုနှင့်အတုယူမှုကို ခံခဲ့ရပါသည်။ ယခုကဗျာသည် ပထမအပုဒ်ဖြစ်သည်။ ရှေ့စာလေးကြောင်းသည် ကဗျာဆရာက ဝူးရှန်းတောင်နှင့်ဝူးရှန်း တောင်ကြားကို အဝေးမှမျှော်ကြည့်သည့် ရှုခင်းဖြစ်ကာ ရေးဖွဲ့ထားသည်မှာလည်း အလွန်ဝမ်းနည်းဖွယ်ကောင်း၍ လေးနက်သော အထီးကျန်ခြင်းများလည်း ပါဝင်နေပါသည်။ ပထမဆုံးစာပိုဒ်သည် ရှုခင်းအရေးအသား အရောင်စုံလင်လှပကာ နှင်းရည်၏အဖြူရောင်နှင့် သဖန်းပင်၏အနီရောင်ကို ထင်ဟပ်စေခဲ့ပါသည်။ နောက်တစ်ပိုဒ်တွင် ဆိတ်ငြိမ်မှောင်မဲနေမှုနှင့်ထင်ဟပ်ကာ ရောင်စုံထူးခြားမှုနှင့် ဆောင်းဦးနေ့များ၏ စိတ်မအီမသာဖြစ်မှုများကို ခံစားရစေပါသည်။ ဒုတိယအပိုဒ်တွင် တောင်ကြားတွင်းရှိ မတည်ငြိမ်မှုများ၊ ကောင်းကင်သို့ ထိုးတက်မတတ် စီးဆင်းနေသည့်မြစ်ရေနှင့် မိုးမြေတို့ တစ်သားတည်းကျနေသော ရှုခင်းများကို ရေးဖွဲ့ထားကာ ကဗျာဆရာ၏ အတွင်းစိတ်ရှိ ပူပန်စိုးရိမ်မှုများကိုလည်း အရိပ်အမြွက် ဖော်ပြထားပါသည်။ တတိယအပိုဒ်တွင် ဂန္ဓမာပန်းများ နှစ်ကြိမ်ပွင့်သွားခြင်းနှင့် အထီးကျန် လှေငယ်လေးတစ်စင်းတို့ဖြင့် ရှုဒေသတွင်နေထိုင်ရကာ ဇာတိမြေသို့မပြန်နိုင်သည့် ဝမ်းနည်းမှုနှင့် ကြေကွဲဖွယ်ရာများကို အဓိပ္ပာယ်လေးနက်စွာဖြင့် ဖော်ပြထားပါသည်။ နိဂုံးတွင် အမှောင်တွင်းမှ ပျံ့လွင့်လာသော အဝတ်လျှော်သံနှင့် အဆုံးသတ်ထားသဖြင့် ကဗျာဆရာ၏ ဇာတိမြေတမ်းတသည့်စိတ်ကို ပိုမိုတိုးပွားလာစေ၍ အဓိပ္ပာယ်ရှိစေခဲ့ပါသည်။

唐詩選譯

28.《登高》杜甫

【原文】

风急天高猿啸哀，渚清沙白鸟飞回。无边落木萧萧下，不尽长江滚滚来。万里悲秋常作客，百年多病独登台。艰难苦恨繁霜鬓，潦倒新停浊酒杯。

【释文】

站在江边高台上远眺，天空高远，秋风强劲，猿猴啼鸣；水清沙白，江中的小洲上有鸥鸟盘旋飞舞。江边无数的落叶随风飘落，发出飘扬的沙沙声，不尽的长江水滚滚而来，似乎没有终结。这样的秋色里，我独自登上这高台，想到孤身一人长期在外，漂泊羁旅，年老多病，不禁悲上心头。时局动荡，生活艰难，我的头上早已白发苍苍；人生潦倒，身体多病，不久前才因病不得不戒酒停饮。

28. အမြင့်တက်

တူဖူ (Du Fu)

မြစ်ကမ်းနံဘေး စင်မြင့်တွင်ရပ်နေရင်းဖြင့် အဝေးသို့မျှော်ကြည့်လိုက်သည့်အခါ ကျယ်ပြောလှသော မိုးကောင်းကင်တွင် ဆောင်းဦးလေများတိုက်နေပုံ၊ မျောက်ကလေးများ ခုန်ပေါက်ပြေးလွှားနေကြပုံ၊ ရေကြည်သဲဖြူမြစ်တွင်းရှိ ကျွန်းကလေးပေါ်တွင် စင်ရော်ငှက်ကလေးများ ဝဲပျံနေကြပုံများကို မြင်တွေ့ရနေပါသည်။ ကမ်းနံဘေးမှ ရွက်ကြွေများသည် လေနှင့်အတူ လွင့်ပါနေသည့် တရှပ်ရှပ်အသံလေးများကို ကြားနေရသည်။ ယန်စီမြစ်ကလည်း တဝုန်းဝုန်းအသံဖြင့် စီးဆင်းနေသည်မှာ အဆုံးမရှိသည့်အသွင်ဆောင်နေသည်။ ဤကဲ့သို့သော ဆောင်းဦးရာသီတွင် ကျွန်ုပ်တစ်ဦးတည်း မျှော်စင်ပေါ်သို့ တက်လာသည်။ အဝေးတွင် တစ်ကိုယ်တည်း အထီးကျန်ကာ လေလွင့်နေရ၍ အသက်အရွယ်ကြီးလာခြင်း ရောဂါအနာများလာခြင်းများကိုတွေးရင်းဖြင့် ဝမ်းနည်းလာရပါသည်။ ခေတ်ကာလမကောင်းသဖြင့် နေထိုင်ရသည်မှာလည်း ကျပ်တည်းလှသည်။ ကျွန်ုပ်၏ခေါင်းတွင် ဆံပင်များကလည်း ဖြူဖွေးကာ ရှုံးနိမ့်သောဘဝတွင် အနာရောဂါကလည်း များလာသည်။ မကြာမီကပင် ရောဂါများကြောင့် အရက်ကို ဖြတ်လိုက်ရပါသည်။

【解析】

这首诗是杜甫晚年寓居夔州时所写。从乾元元年（758 年）杜甫离开华州到如今旅居夔州，已有十年的光景，垂暮之年的诗人仍然未能还乡，但随着年纪的增长，身体虚弱而多病，这首作品即表达诗人内心迟暮悲凉的心情。诗歌首联领联写景壮阔，登高远眺，眼前是一片开阔的秋景。而落叶无边、长江不尽，更写出了雄浑悲壮之美，也寄寓了韶光易逝、壮志难酬的悲怆之感。颈联和尾联以含蓄委婉的笔触，写出了诗人内心复杂沧桑的感受。这首诗歌感情深沉，笔触曲折委婉，是杜甫诗歌风格的典型代表。诗歌境界雄浑，对仗整齐工稳，一气流注，在艺术上臻于化境，因此备受后代诗人推崇，称之为“精光万丈”“古今七言律第一”。

【ရှင်းလင်းချက်】

ဤကဗျာသည် တုဖူ အသက်အရွယ်ရလာသောအချိန် ခွေကျိုးဒေသတွင် နေထိုင်ချိန်၌ ရေးဖွဲ့ထားခြင်းဖြစ်သည်။ ချန်ယွမ်ယွမ်နှစ် (၇၅၈ ခုနှစ်) မှစတင်ကာ တုဖူသည် ဟွာကျိုးဒေသမှ ယခုနေထိုင်သော ခွေကျိုးဒေသသို့ ရောက်ရှိလာခဲ့သည်မှာ ဆယ်စုနှစ်ကြာခဲ့ပြီဖြစ်ပါသည်။ သက်ကြီးပိုင်းရောက်နေသော ကဗျာဆရာသည် ဇာတိမြေသို့မပြန်နိုင်ဘဲ အသက်အရွယ် ကြီးရင့်လာသည့်နှင့်အမျှ ရောဂါများကလည်း ထူပြောလာပါသည်။ ဤကဗျာသည် ကဗျာဆရာ၏ အတွင်းစိတ်ကြေကွဲမှု ခံစားချက်များကို ဖော်ပြထားပါသည်။ ကဗျာ၏ ရှေ့ဆုံးနှစ်ပိုဒ်သည် အရေးအသားခန့်ညားကာ အမြင့်သို့ လှမ်းကြည့်လိုက်စဉ် မျက်စိရှေ့တွင် ကျယ်ပြန့်သည့် ဆောင်းဦးရှုခင်းဖြစ်ပါသည်။ ရွက်ကြွေများသည် အဆက်မပြတ်ကြွေကျလျက်၊ ယန်စီမြစ်ရေကလည်း တဝုန်းဝုန်းစီးဆင်းလျက် ခန့်ညားကြီးမားလှသည့် ဝမ်းနည်းကြေကွဲမှုများကို ဖွဲ့ဆိုထား၍ သာယာသော နွေဦးကာလအချိန်များ ကုန်ဆုံးလွယ်ကာ မိမိလိုလားသည့် အောင်မြင်မှုကိုမရနိုင်သော ဝမ်းနည်းစိတ်များကို ရေးဖွဲ့ထားပါသည်။ နောက်ဆုံးနှစ်ပိုဒ်တွင်မူ အဓိပ္ပာယ်ရှိသော အရေးအသားဖြင့် ကဗျာဆရာ၏ရင်တွင်းမှ ရှုပ်ထွေးနေသောခံစားချက်ကို ရေးဖွဲ့ထားပါသည်။ ဤကဗျာသည် ခံစားချက်လေးနက်၍ အရေးအသားမှာလည်း ပျော့ပြောင်းလှပါသည်။ တုဖူ၏ ကဗျာဟန်များတွင် စံနမူနာဖြစ်သည်။ ကဗျာမှာ ခမ်းနားကြီးကျယ်၍ ကာရန်နံဘေ ကိုက်ညီမှုနှင့် တစ်သားတည်းဖြစ်ကာ အနုပညာပိုင်းတွင် မြင့်မားလှသဖြင့် နှောင်းခေတ် ကဗျာဆရာများ၏ လေးစားမှုကိုခံရသည့်အပြင် အကောင်းဆုံး အတုမဲ့ကဗျာ (၇) ပုဒ်တွင် တစ်ပုဒ်အပါအဝင်ဖြစ်သည်ဟု ပြောစမှတ်ပြုကြပါသည်။

29.《逢入京使》岑参

【原文】

故园东望路漫漫，双袖龙钟泪不干。马上相逢无纸笔，凭君传语报平安。

【释文】

向东遥望故园，路途遥远，尘烟蔽天，禁不住泪眼蒙眬，泪水打湿了双袖。与入京的使者在马上相逢，而我还要继续西去，仓促间相遇没有纸笔，就请你带个平安的口信给我的家人吧。

【解析】

这首诗歌是岑参离开长安赴安西途中所作。唐玄宗天宝八载（749 年），岑参第一次远赴西域，充安西节度使高仙芝幕府掌书记，在去安西途中，遇到一位返京的使者，故而托他捎个平安的口信给自己的家人，这首作品就写了途中遇到使者的情景。因是仓促相逢，所以这首作品信口而成，不加雕饰，感情真挚，将诗人的神态、动作、思念故乡的心情都真切地表现了出来，使之在平易之中显出丰富的韵味，所以深入人心，令人历久不忘。

29. မြို့တော်အဝင်က သံတမန်

ချန်ရှန်း (Cen Shen)

အရှေ့ဘက်မှ ဇာတိမြေသို့မျှော်ကြည့်ရာ ခရီးလမ်းဝေးလံကာ ဖုန်များ ဖုံးလွှမ်းနေသည်ကိုမြင်ရ၍ မျက်ရည်များဝေ့လာကာ အင်္ကျီလက်ကို မျက်ရည်များနှင့် စိုစွတ်သွားစေပါသည်။ မြို့တော်သို့ဝင်မည့် သံတမန်နှင့် လမ်းတွင်တွေ့သော်လည်း ကျွန်ုပ်ကမူ အနောက်ဘက်သို့ ဆက်သွားရပေဦးမည်။ အလောတကြီး ထွက်လာခဲ့ရ၍ စုတ်တံနှင့် စာရွက်များမပါသဖြင့် ကျေးဇူးပြု၍ ကျွန်ုပ်၏အိမ်သားများကို ကျွန်ုပ်ခရီးစဉ် အဆင်ပြေသည်ဟု ပြောပေးစေလိုပါသည်။

【ရှင်းလင်းချက်】

ဤကဗျာကို ချန်ရှန်းက ချန်အန်းမြို့မှ အန်းရှီးဒေသသို့ သွားရောက်သောခရီးတွင် ရေးသားထားခြင်းဖြစ်သည်။ ထန်ရှွမ်ဇုန်းမင်းမြတ်လက်ထက် ထျန်းပေါင်ရှစ်နှစ် (၇၄၉ ခုနှစ်) တွင် ချန်ရှန်းသည် ပထမဆုံးအကြိမ်အဖြစ် အနောက်ပိုင်း အန်းရှီးဒေသသို့ အုပ်ချုပ်ရေးမှူးအဖြစ် တာဝန်ယူရန် သွားရောက်ခဲ့ပါသည်။ အန်းရှီးဒေသသို့ သွားရာခရီးတွင် နေပြည်တော်သို့ပြန်မည့် သံတမန်တစ်ဦးနှင့် ဆုံတွေ့ခဲ့ပါသည်။ ထို့ကြောင့် ၎င်းကို မိမိ၏ အိမ်သားများထံ သတင်းစကားပြောကြားပေးရန် မှာကြားလိုက်သည်။ ဤကဗျာသည် လမ်းခရီးတွင် သံတမန်နှင့်တွေ့ဆုံသော အဖြစ်အပျက်ကို ရေးဖွဲ့ထားခြင်းဖြစ်သည်။ ရုတ်တရက်တွေ့ဆုံခြင်းဖြစ်၍ ဤကဗျာကို လက်တန်းစပ်ဆိုခြင်းဖြစ်ကာ ရသများမပါဝင်သော်လည်း ခံစားချက် အစစ်အမှန်များဖြင့် ကဗျာဆရာ၏ စိတ်အနေအထား၊ လှုပ်ရှားမှု ဇာတိမြေအား လွမ်းဆွတ်တမ်းတခြင်းများကို ရှင်းလင်းပြတ်သားစွာ ဖော်ပြထားပါသည်။ ရိုးရှင်းမှုအတွင်းတွင် ပြည့်ဝသောရသများကို ပေါ်လွင်စေ၍ ဖတ်ရှုသူ၏စိတ်တွင်းသို့ ရောက်ရှိစေနိုင်ကာ မေ့မရနိုင်အောင် ဖြစ်ရပါသည်။

30.《枫桥夜泊》张继

【原文】

月落乌啼霜满天，江枫渔火对愁眠。姑苏城外寒山寺，夜半钟声到客船。

【释文】

夜晚泊舟在枫桥，见月降霜飞，乌鸦啼鸣，江边的枫树、渔船上的灯火，都在夜色中沉默。夜半时分，一声声从苏州城外寒山寺中传来的钟声，还依然在敲打着我的无眠。

【解析】

这首诗歌写了诗人夜晚泊舟枫桥时的所见所感。客中独宿，诗人无法入眠，以诗意的笔触勾勒了江南水乡夜晚的情景。夜深月降，乌鸦偶尔发出鸣叫声，飞霜降临，寒气侵袭，而诗人仍是对着江岸上朦胧的枫树和那一点明亮的渔火无法睡去。尤其诗歌后半部分写到的夜半钟声，更加重了夜晚的静寂寥落，也更加重了诗人的羁旅之愁。诗歌句句写景，却处处流露出愁情，尤其诗末寒山寺的钟声更使诗歌有了庄重古雅之感。

30. သဖန်းပင်တံတား၌ ဆိုက်ကပ်ခြင်း

ကျန်းကျိ (Zhang Ji)

ညဘက်တွင် သဖန်းပင်တံတား၌ လှေကိုဆိုက်ကပ်ချိန်တွင် လရောင်၌ နှင်းများဝေ၍ ကျီးများက တအားအား အော်နေကြသည်။ မြစ်ကမ်းနံဘေးရှိ သဖန်းပင်နှင့် ငါးဖမ်းလှေပေါ်မှမီးအိမ် အားလုံးသည် ညအမှောင်တွင်း၌ တိတ်ဆိတ် ငြိမ်သက်နေကြပါသည်။ ညည၌နက်သည်အထိ ကျွန်ုပ်အိပ်မရချိန်တွင် စူးကျိုးမြို့ပြင်ရှိ ဟန်ရှန်းကျောင်းမှ ပျံ့လွင့်လာသော ခေါင်းလောင်းထိုးသံများသည် ရိုက်ခတ်နေဆဲ ဖြစ်ပါသည်။

【ရှင်းလင်းချက်】

ဤကဗျာသည် ကဗျာဆရာ၏လှေ ညဘက်အချိန် သဖန်းပင်တံတား၌ ဆိုက်ကပ်ရာတွင် မြင်တွေ့ခံစားရသည်များကို ရေးဖွဲ့ထားခြင်းဖြစ်သည်။ တည်းခိုခန်းတွင် ကဗျာဆရာတစ်ကိုယ်တည်း အိပ်မပျော်နိုင်၍ ကဗျာစိတ်ကူးများဖြင့် ကျန်းနန်ဒေသ၏ ညဘက်အချိန်ရေမြေအလှအပရှုခင်းများကို ရေးဖွဲ့ခဲ့ပါသည်။ ည၌နက်ချိန်တွင် လကသာနေ၍ ကျီးကန်းများကလည်း မကြာခဏဆိုသလိုပင် အော်မြည်နေကြသည်။ နှင်းမှုန်များကျ၍ အအေးဓာတ်ဝင်လာသည်။ ကဗျာဆရာမှာမူ ကမ်းနံဘေးတွင် မှုန်ဝါးစွာမြင်နေရသော သဖန်းပင်နှင့် ငါးဖမ်းလှေမှ မီးရောင်လေးများကိုကြည့်၍ အိပ်မပျော်နိုင် ဖြစ်ရပါသည်။ အထူးသဖြင့် ကဗျာနောက်ပိုင်းတွင် ရေးဖွဲ့ထားသော ည၌လယ်ခေါင်က ခေါင်းလောင်းသံသည် ညချမ်းအခါ၏ ဆိတ်ငြိမ်အထီးကျန်မှုကို ပိုမိုအသက်ဝင်စေခဲ့၍ ကဗျာဆရာ၏ တစ်နယ်ရပ်ခြားတွင်နေရသော ဝမ်းနည်းစိတ်အား ပိုမိုစေခဲ့ပါသည်။ ကဗျာအပိုဒ်တိုင်းတွင် ရှုခင်းများကိုသာ ရေးဖွဲ့ထားသော်လည်း ဝမ်းနည်းမှုများသည်လည်း စာကြောင်းတိုင်းတွင် ပေါ်လွင်နေသည်ကို တွေ့ရပါသည်။ အထူးသဖြင့် ကဗျာအဆုံး ဟန်ရှန်းကျောင်းမှ ခေါင်းလောင်းသံသည် ကဗျာကို တည်ကြည်၊ ရှေးဟောင်းဆန်စေ၍ ယဉ်ကျေးသိမ်မွေ့ လှပစေခဲ့ပါသည်။

唐詩選譯

31.《滁州西涧》韦应物

【原文】

独怜幽草涧边生，上有黄鹂深树鸣。春潮带雨晚来急，野渡无人舟自横。

【释文】

我独爱这一片美景：滁州城西的溪岸边，生长着茂密浓绿的青草，黄鹂鸟在高高的树枝上啼鸣；涧中的水在傍晚的雨后变得水势湍急，渡口的小船因无人渡河而在水流的冲刷下悠然浮泊。

【解析】

这是一首写作山水的名篇。唐德宗建中、兴元年间诗人担任滁州刺史一职，这首诗歌就是写于这个时期。诗歌前两句写了西涧的优美风景：涧边幽草，深树黄鹂，并表达了他对这片美景的热爱。结尾两句尤为精彩，成为后世诗人不断仿效的名句。以春潮激荡的西涧中，悠然浮泊的小舟来暗示此地的清幽无人，也折射出诗人内心的淡泊萧散，而且写景真切，宛然在目，表现出高超的写景艺术。

31. ချူကျိုးအနောက်က စမ်းချောင်းငယ်

ဝေရင့်ဝု (Wei Yingwu)

ကျွန်ုပ်သည် ဤရှုခင်းကို(သာ) နှစ်သက်သည်။ ချူကျိုးမြို့အနောက်ဘက်ရှိ စမ်းချောင်းငယ်နံဘေးတွင် ထူထပ်လှသောမြက်စိမ်းများ ပေါက်ရောက်နေကာ ရွှေဝါရောင်ငှက်လေးများသည်လည်း သစ်ကိုင်းမြင့်ပေါ်တွင် တီတီတာတာ အော်မြည်နေကြပါသည်။ တောင်ကြားချောင်းမှရေများသည် ညခင်းက မိုးရွာထားသည့်အတွက် ရေအားပိုမိုကောင်းလာကာ ဆိပ်ကမ်းမှလှေလေးများသည် စီးမည့်သူမရှိသည့်အတွက် ရေပေါ်တွင် ပေါလောပေါ်ကာ လူးလွန့်နေကြပါသည်။

【ရှင်းလင်းချက်】

ဤကဗျာသည် တောတောင်ရေမြေကို ရေးဖွဲ့ထားသော နာမည်ကျော်ကဗျာတစ်ပုဒ်ဖြစ်သည်။ ထန်သယ်ဇုန်းမင်းမြတ်လက်ထက် ကျန့်ကျုံးနှစ်နှင့် ရှင်ယွမ်းနှစ်တွင် ကဗျာဆရာသည် ချူကျိုးဒေသမှူးအဖြစ် တာဝန်ထမ်းဆောင်ရပါသည်။ ဤကဗျာကို ထိုအချိန်အတွင်းက ရေးဖွဲ့ထားခြင်းဖြစ်သည်။ ကဗျာ၏ ရှေ့စာနှစ်ကြောင်းသည် အနောက်တောင်ကြားချောင်း၏ လှပသောရှုခင်းကို ရေးဖွဲ့ပါသည်။ တောင်ကြားချောင်းဘေးမှ မြက်ပင်များ၊ သစ်ပင်မြင့်ပေါ်မှ ရွှေဝါရောင်ငှက်လေးများကို ရေးဖွဲ့ထားသည့်အပြင် ဤအလှရှုခင်းကို နှစ်သက်လှကြောင်းလည်း ဖော်ပြထားပါသည်။ နောက်ဆုံးနှစ်ကြောင်းသည် အထူး အနုပညာမြောက်ကာ နှောင်းလူများ အဆက်မပြတ် အတုယူခဲ့ရသောစာများဖြစ်သည်။ နွေဦးရနံ့များရှိနေသည့် အနောက်တောင်ကြားချောင်းနှင့် ပေါလောပေါ်ကာ လူးလွန့်နေသော လှေငယ်လေးများဖြင့် လူသူခေါင်းပါးလှသည်ကို ဖော်ပြထားပါသည်။ ကဗျာဆရာ၏အတွင်းစိတ်၌ အေးစက်ခြောက်ကပ်နေမှုများကိုလည်း ပေါ်လွင်စေပါသည်။ ထို့အပြင် ရှုခင်းဖော်ပြမှုမှန်ကန်ကာ မျက်လုံးတွင်း၌ မြင်ယောင်လာစေ၍ အဆင့်မြင့်မားသည့် ရှုခင်းရေးဖွဲ့သော အနုပညာအရည်အချင်းကို ပြသနေပါသည်။

唐诗选译

32.《夜上受降城闻笛》李益

【原文】

回乐峰前沙似雪，受降城外月如霜。不知何处吹芦管，一夜征人尽望乡。

【释文】

站在受降城上远望，回乐峰前，沙子如雪一样闪着白色的光芒；受降城外的月色皎洁，洒在地面上就和洁白的霜花一样。不知哪里传来吹奏芦笳的声音，悲切凄凉，使戍守的征人们勾起了无尽的乡愁。

【解析】

这是一首抒写戍边将士们乡愁的诗。前两句写边境荒凉凄清的夜景，回乐峰前的沙子，月光下如同积雪一般，充满了寒意，而城外的月华如霜，更增添了凄凉之感。寂静的边塞之夜，不绝于耳的芦笳声，越发撩拨了戍守之人的无尽乡情。全诗意境浑成，婉转蕴藉，被谱入管弦之后，天下传唱，是中唐绝句中的佳作。

32. အညှံ့ခံမြို့ရဲ့ ညတေး ပလွေသံ

လီယိ (Li Yi)

အညှံ့ခံမြို့တံတိုင်းပေါ်မှ အဝေးသို့ရပ်မျှော်ကြည့်ရာ ဟွေလဲ့တောင်ရှေ့တွင် သဲများက မြူနှင်းများကဲ့သို့ အဖြူရောင်အလင်းတန်းများ ဖြာထွက်နေပါသည်။ အညှံ့ခံမြို့ပြင်၌ လရောင်တောက်ပနေ၍ မြေပေါ်သို့ လရောင်ကျနေသည်မှာ ဖြူစင်သော နှင်းပွင့်များနှင့် တူပါသည်။ မည်သည့်နေရာမှ လွင့်ပျံ့လာသည်ဟု မသိနိုင်သော ပလွေမှုတ်သံကြောင့် ဝမ်းနည်းမှုများ ပိုမိုများလာကာ မြို့စောင့်စစ်သည်များ၏ ဇာတိမြေအား သတိရစိတ်များကို ပိုများလာပါစေသည်။

【ရှင်းလင်းချက်】

ဤကဗျာသည် နယ်ခြားစောင့်စစ်သည်များ ဇာတိကိုသတိရကြောင်း ရေးဖွဲ့ထားသည့်ကဗျာ ဖြစ်သည်။ ရှေ့နှစ်ကြောင်းသည် ဝေးလံခေါင်သီလှသော ညရှုခင်းကိုရေးဖွဲ့ကာ ဟွေလဲ့တောင် မီးပြတိုက်များရှေ့မှ သဲများသည် လရောင်အောက်တွင် နှင်းများကျထားသကဲ့သို့ ရင်တွင်း၌ ချမ်းအေးစေပါသည်။ ထို့ပြင် မြို့ပြင်မှ လရောင်များသည်လည်း နှင်းများကျသကဲ့သို့ရှိကာ ချမ်းအေးမှုကို ပိုမိုစေခဲ့ပါသည်။ အထီးကျန် တိတ်ဆိတ်နေသော နယ်ခြားခံတပ်ညတွင် ပလွေသံများ အဆက်မပြတ်ကြားနေရ၍ နယ်ခြားစောင့်စစ်သည်တို့၏ ဇာတိမြေအလွမ်းများကို ဆွဲထုတ်နေသကဲ့သို့ ဖြစ်ပါသည်။ ကဗျာတစ်ပုဒ်လုံးသည် တစ်သားတည်းကျ၍ ဇေ့ဝိုက်ကာထွက်ပေါ်နေသည့် တေးဂီတသံကိုပါ ထည့်သွင်းထားသဖြင့် ထန်ခေတ်အလယ်ပိုင်း၏ လေးချိုးကဗျာများတွင် အကောင်းတကာ့ အကောင်းဆုံး ဖြစ်ပါသည်။

唐詩選譯

33.《游子吟》孟郊

【原文】

慈母手中线，游子身上衣。临行密密缝，意恐迟迟归。谁言寸草心，报得三春晖。

【释文】

游子临行时，慈祥的母亲为他缝制衣衫，一针一线都针脚细密，怕他迟迟难归。但母亲的心中又何尝不想他早早归来呢？谁说区区小草似的儿女，能够报答慈母如阳春三月般深厚的母爱呢？

【解析】

这是一首吟诵母爱的名作。诗歌描绘了临行前母亲为游子缝制行装的细节和内心矛盾的心情。一位手持针线，密密缝制衣服，而内心却渴望儿子早早归来的慈母形象生动地展现在眼前，而诗歌末尾的反问，则表达了诗人渴望报答母爱于万一的炽热心情。尤其以寸草与三春暖阳的对比，形象生动地表达了这一浓烈的情感。诗歌感情真挚，语言亲切朴素，千百年来感动了无数的读者，成为脍炙人口的名篇。

33. လေလွင့်သူရဲ့တေး

မုန့်ကျောင်း (Meng Jiao)

ခရီးသွားမည့်သား ထွက်ခွာခါနီးတွင် ကရုဏာကြီးသောမိခင်က အင်္ကျီကို ချုပ်လုပ်ပေးပါသည်။ အပ်တစ်ချက်၊ ချည်တစ်မျှင်ဖြင့် စေ့စပ်သေချာစွာ ချုပ်လုပ်ပေးနေသည်မှာ သားဖြစ်သူ ပြန်လာရန်ကြာမြင့်မည်ကို စိုးရိမ်နေဟန် ရှိပါသည်။ သို့သော် မိခင်၏စိတ်တွင်း၌မူ အလျင်အမြန် ပြန်လာစေလိုသောဆန္ဒ အဘယ်ကြောင့် မရှိနိုင်ပါအံ့နည်း။ သေးငယ်သော မြက်ပင်ငယ်နှင့်တူသည့် သား၊ သမီးများသည် နွေဦးရာသီ နေအလင်းရောင်ကဲ့သို့ နွေးထွေးသော မိဘများ၏ကြီးမားသောမေတ္တာကို အဘယ်ကဲ့သို့ ပြန်ဆပ်နိုင်ပါအံ့နည်း။

【ရှင်းလင်းချက်】

ဤကဗျာသည် မိခင်မေတ္တာကို ဖွဲ့ဆိုထားသော ကဗျာဖြစ်သည်။ ကဗျာတွင် ခရီးသွားခါနီးသားကို မိခင်က လိုအပ်သည်များ ချုပ်လုပ် ပြင်ဆင်ပေးနေသော အသေးစိတ်ပုံစံများနှင့် အတွင်းစိတ် ပဋိပက္ခဖြစ်နေမှုများကို ရေးဖွဲ့ထားပါသည်။ လက်တွင် အပ်တစ်ချောင်းကိုကိုင်ကာ အင်္ကျီချုပ်လုပ်ပေးနေသော်လည်း အတွင်းစိတ်တွင် သားဖြစ်သူ အမြန်ဆုံးပြန်လာနိုင်ရန် ဆုတောင်းနေသော ကရုဏာရှင်မိခင်၏ ပုံသဏ္ဌာန်သည် မျက်စိရှေ့တွင် ပေါ်လွင်လာပါသည်။ သို့သော် ကဗျာနောက်ဆုံးတွင် ပြန်လည်မေးမြန်းသည့်ပုံစံ ရေးဖွဲ့ထားခြင်းမှာ ကဗျာဆရာသည် မိခင်၏ကျေးဇူးတရား အနည်းငယ်မျှကိုပင် ဆပ်နိုင်လျှင်ဆပ်လိုသည့် မျှော်လင့်ချက်ကို ဖော်ပြထားပါသည်။ အထူးသဖြင့် မြက်ပင်ငယ်လေးနှင့် နွေဦးရာသီ နေအလင်းရောင်များကို နှိုင်းယှဉ်ထားသည်မှာ နက်ရှိုင်းသောချစ်မေတ္တာကို အသက်ဝင်စွာ သရုပ်ဖော်လိုက်ခြင်းပင် ဖြစ်ပါသည်။ ဤကဗျာသည် ခံစားချက်အစစ်အမှန်ကို ဖြူစင်ရိုးသားသော စကားလုံးများဖြင့် စာဖတ်သူများကို နှစ်ပေါင်းများစွာ ခံစားစေခဲ့သော လူအများ၏ ပါးစပ်ဖျားတွင် စွဲလမ်းရွတ်ဆိုနေခဲ့ကြသော နာမည်ကျော် ကဗျာတစ်ပုဒ်ဖြစ်သည်။

唐詩選譯

34.《左迁至蓝关示侄孙湘》韩愈

【原文】

一封朝奏九重天，夕贬潮州路八千。欲为圣明除弊事，肯将衰朽惜残年。云横秦岭家何在，雪拥蓝关马不前。知汝远来应有意，好收吾骨瘴江边。

【释文】

早上给皇帝上书谏迎佛骨，傍晚就被贬官到了距离京城长安八千里之遥的潮州。想要为圣明的皇帝革除弊政，怎么肯顾惜自己年老衰朽的生命！行至蓝关，见云横秦岭，大雪覆盖，家人隔绝，连马匹也局促不前。知道你远道而来随我远行的心意，到时候就好好收拾我在充满瘴气的江边的尸骨吧。

34. လန်ကွမ်းခံတပ်ရောက်ချိန် တူ၏သား ဟန်းရှန်းကိုပေးရန်ကဗျာ

ဟန်ယွီ (Han Yu)

နံနက်ခင်းတွင် ဘုရင်မင်းမြတ်ကို ဘုရားရှင်၏ အရိုးဓာတ်တော်ကို ပင့်ဆောင်ရန် လျှောက်ထားခဲ့၍ ညနေခင်းတွင် ရာထူးမှချခံရကာ နေပြည်တော်နှင့် မိုင်ပေါင်း (၈၀၀၀) ဝေးသော ချောင်ကျိုးဒေသသို့ စေလွှတ်ခံခဲ့ရပါသည်။ မင်းမြတ်၏ အုပ်ချုပ်ရေးတွင် မလိုလားအပ်သောအရာများကို ပြုပြင်ပေးရန်အတွက် မိမိ၏ ကြီးရင့်နေပြီဖြစ်သော အသက်အရွယ်ကို မငဲ့ညှာနိုင်ပေ။ လန်ကွမ်းခံတပ်သို့ အရောက်တွင် တိမ်ကြားသို့ ထိုးဖောက်ဝင်ရောက်နေသည့်ပမာရှိနေသည့် ချင်တောင်ကြားတွင် ဆီးနှင်းများ ဖုံးလွှမ်းနေသည်။ မိသားစုနှင့်ဝေးခဲ့ရ၍ စီးနေသော မြင်းသည်ပင် ရှေ့သို့ ဆက်လက်မသွားလိုတော့ပေ။ သင်သည် အဝေးမှလာရောက်ကာ ကျွန်ုပ်နှင့်အတူ လိုက်ပါလိုသည့်စိတ်ကို သိပါသည်။ ထိုအချိန်ကျလျှင်သာ အပုပ်နံ့များ တလျောင်းလျောင်းထနေသော ကျွန်ုပ်၏အလောင်းကို လာရောက် ကောက်ယူပေးပါလော့။

【解析】

这首诗歌写于元和十四年（819 年），韩愈上书谏迎佛骨，触怒宪宗，被贬潮州。在去往潮州的路上，途经蓝田关，他的侄孙韩湘赶来送行，韩愈遂写下了这首诗歌。诗歌首联和颔联写了自己获罪的原因，敢言直谏，却遭遇贬谪，虽内心愤慨不平，但依然展示了欲除弊事，绝不退却，死而后已的胆气，老而弥坚，刚直不阿。颈联的写景尤其境界雄阔，也暗示出内心的沉痛抑郁。全诗气势雄浑磅礴，感情沉郁顿挫，是韩愈七律中的佳作。

【ရှင်းလင်းချက်】

ဤကဗျာသည် ယွမ်ဟော်ဆယ့်လေးနှစ် (၈၁၉ ခုနှစ်) တွင် ရေးဖွဲ့ခြင်းဖြစ်သည်။ ဟန်ယွီသည် ဘုရားရှင်၏ အရိုးဓာတ်တော်အားပင့်ဆောင်ရန် အကြံပေးလွှာတင်သည်ကို ရှန်ဇုန်းဘုရင်မင်းမြတ်က အမျက်တော်ရှကာ ချောင်ကျိုးဒေသသို့ နယ်နှင်ဒဏ် ပေးလိုက်လေသည်။ ချောင်ကျိုးသို့ သွားသောလမ်း၌ လန်ထျန်ကွမ်းခံတပ်ကိုဖြတ်သောအချိန် တူ၏သားဖြစ်သူဟန်ရှန်းက လိုက်ပါပို့ဆောင်ပေးရာတွင် ဟန်ယွီသည် ဤကဗျာကို ရေးဖွဲ့ခဲ့ခြင်းဖြစ်သည်။ ကဗျာ ပထမအပိုဒ်နှင့် ဒုတိယအပိုဒ်သည် အပြစ်ပေးခံရမှု အကြောင်းရင်းကို ရေးဖွဲ့ထားပါသည်။ ပြောဆိုရဲ လျှောက်တင်ရဲသဖြင့် နယ်နှင်ဒဏ်ပေးခံရသော်လည်း စိတ်တွင်း၌ မကျေချမ်းမှုများ ရှိနေပါသည်။ သို့သော် ဆိုးဝါးသည့်ကိစ္စများကို ဖယ်ထုတ်ကာ နောက်မဆုတ်တမ်း ဖွဲ့သတ္တိအပြည့်ဖြင့် အသက်ကြီးသော်လည်း ဖွဲ့မလျော့ဘဲ မတုန်မလှုပ် ကြိုးစားခဲ့သည်။ တတိယအပိုဒ်တွင် ရေးဖွဲ့ထားသော ရှုခင်းမြင်ကွင်းသည် အလွန် ခမ်းနားကျယ်ပြောကာ အတွင်းစိတ်၏ နာကျင်ခံစားမှုများကိုလည်း ပေါ်လွင်စေပါသည်။ ကဗျာတစ်ပုဒ်လုံးသည် အားမာန်ပြည့်ဝကာ ခံစားချက်များမှာမူ လေးလံထိုင်းမှိုင်းနေပါသည်။ ဟန်ယွီ၏ကဗျာ ခုနစ်ပုဒ်အနက် အကောင်းဆုံးလက်ရာ ဖြစ်သည်။

唐詩選譯

晋
晋

35.《西塞山怀古》刘禹锡

【原文】

王濬楼船下益州，金陵王气黯然收。千寻铁锁沉江底，一片降幡出石头。人世几回伤往事，山形依旧枕寒流。今逢四海为家日，故垒萧萧芦荻秋。

【释文】

王濬率领着西晋的战船自益州顺流而下，象征着吴国国运的祥瑞之气立刻就黯然收敛了。吴国用来阻挡战船的横绝江面的铁索，被晋军用火炬烧断沉入了江底，吴国的国君孙皓只能在石头城中举旗投降。人世的兴衰成败，几经变换，而西塞山依然峙立在长江岸边。如今国家统一，江岸上的旧时营垒已经废弃，只有生长在上面的芦荻在秋风中发出悲凉的声音。

35. အနောက်စခန်းတောင်သမိုင်းသို့ အလွမ်း

လျိုယွီရှီ (Liu Yuxi)

ဝမ်ကျွင့်(Wang Jun)သည် ရှီးကျင့်နိုင်ငံ စစ်သင်္ဘောများကို ဦးဆောင်ကာ ယိကျိုးဒေသသို့ စုန်ဆင်းသွားပါသည်။ ဂူနိုင်ငံ၏ မင်္ဂလာနိမိတ်ကောင်းများ မှေးမှိန်သွားတော့မည် ဖြစ်ပါတော့သည်။ ဂူနိုင်ငံမှ စစ်သင်္ဘောများကိုတားဆီးရန် ပြုလုပ်ထားသည့် မြစ်နှစ်ဖက်တန်းထားသော သံကြိုးတန်းများသည် ကျင့်စစ်တပ်က မီးညှပ်ဖြင့် ဖြတ်တောက်လိုက်သောကြောင့် ရေထဲသို့ နစ်မြုပ်ကျဆင်းသွားပြီဖြစ်သည်။ ဂူနိုင်ငံ၏ ဘုရင်မင်းမြတ် စွန်းဟောက်(Sun Hao) သည် ကျောက်တုံးမြို့ရိုးအတွင်းမှ အလံထောင်ကာ အညံ့ခံခဲ့ရပါသည်။ လူ့လောက၏ အောင်မြင်ရှုံးနိမ့်မှုများသည် ပြောင်းလဲနေသော်လည်း အနောက်စခန်းတောင်မှာမူ ယန်စီမြစ်ဘေးတွင် ခန့်ညားစွာ တည်ရှိနေပါသည်။ ယခုအခါ နိုင်ငံတော်ကို စုစည်းပြီးဖြစ်သည့်အတွက် မြစ်ကမ်းနံဘေးမှ တပ်နေရာဟောင်းသည်လည်း ပျက်စီးကာ အပေါ်တွင် ပေါက်ရောက်နေသော ကျူပင်များသာ လေအလာတွင် ယိမ်းနွဲ့လျက် ကြေကွဲဖွယ်အသံကလေးများ ထွက်ပေါ်နေပါသည်။

【解析】

这是一首怀古名作，吟咏了西晋灭吴的一段史实。首联、颔联以洗练、紧凑的笔法写了西晋水军的势如破竹和吴国防御的瞬间溃败，揭示了恃险割据必遭败亡的结局；颈联以江山依旧反衬世事盛衰的几经变迁，发出深沉的喟叹；尾联则暗示如今国家统一，那些割据势力要吸取六朝覆亡的教训，不要重蹈覆辙，就如同那些废弃堡垒上萧瑟的芦苇一样。诗歌笔法含蓄凝练，感情深沉，对历史和现实做出了深刻的思考。

【ရှင်းလင်းချက်】

ဤကဗျာသည် ရေးခေတ်ကိုတမ်းတသော ရှီးကျင့်နိုင်ငံက ဂူနိုင်ငံကိုဖြိုခွင်းလိုက်သည့် သမိုင်းကြောင်းကို ရေးဖွဲ့ထားခြင်းဖြစ်သည်။ ပထမအပိုဒ်၊ ဒုတိယအပိုဒ်များတွင် ကျစ်လျစ်သေသပ်သော အရေးအသားများဖြင့် ရှီးကျင့်ရေတပ်၏ တိုက်တိုင်းအောင်သောအားမာန်ကြောင့် ဂူနိုင်ငံ၏ကာကွယ်ရေးအဖွဲ့ မျက်စိတစ်မှိတ်အတွင်း ပြိုကွဲသွားပုံကို ရေးဖွဲ့ထားပါသည်။ သဘာဝအကာအကွယ်ကို အားကိုးနေပါက ရှုံးနိမ့်ရမည်ဟူသည့်အကြောင်းကို သတိပေးထားပါသည်။ တတိယအပိုဒ်တွင် နိုင်ငံတော်က နဂိုမူလအတိုင်း ရှိနေသေးသော်လည်း လောကကြီး၏ အောင်မြင်မှု၊ ကျရှုံးမှုများမှာ အပြောင်းအလဲ ရှိနေကြောင်းကို လေးနက်သည့် စိတ်လှုပ်ရှားမှုများဖြင့် ဖော်ပြထားပါသည်။ နောက်ဆုံးအပိုဒ်တွင် ယခုအခါ နိုင်ငံတော်ကို စုစည်းပြီးဖြစ်သော်လည်း နေရာဒေသအသီးသီးမှ အင်အားစုအသီးသီးတို့သည် (၆) နိုင်ငံပျက်စီးမှုကို သင်ခန်းစာယူရမည်ဖြစ်ကာ သမိုင်းကို တစ်ပတ်ပြန်၍မလည်စေရန် သွယ်ဝိုက်၍ သတိပေးထားပါသည်။ သို့မဟုတ် မိမိတို့ နိုင်ငံတော်သည် ပျက်စီးနေသောရဲတိုက်ပေါ်မှ ကျူပင်များကဲ့သို့ ဖြစ်လိမ့်မည်။ ကဗျာတွင် အဓိပ္ပာယ်၊ ခံစားချက်များ ပြည့်ဝစွာ၊ သေသပ်စွာဖြင့် သမိုင်းနှင့် လက်ရှိအခြေအနေများကို လေးနက်စွာ တွေးတောဆင်ခြင် သုံးသပ်မှုများပြုလုပ်၍ ရေးဖွဲ့ခဲ့ပါသည်။

36.《酬乐天扬州初逢席上见赠》刘禹锡

【原文】

巴山楚水凄凉地，二十三年弃置身。怀旧空吟闻笛赋，到乡翻似烂柯人。沉舟侧畔千帆过，病树前头万木春。今日听君歌一曲，暂凭杯酒长精神。

【释文】

我被贬到荒远的巴蜀之地，已经有二十三年的时间了。很多老朋友都已经故去了，我也只能徒劳地吟诵《思旧赋》来表示悼念；如今回来，见人事变迁，物是人非，恍如隔世。虽然我的人生和仕途如沉舟一般，但沉舟侧畔有千帆竞发；病树前头正万木皆春。如今听了您的诗歌，得到热情的劝慰，我暂凭饮酒来振作精神吧。

36. ညည့်ခံပွဲတွင် ပထမဆုံးတွေ့ဆုံချိန်၌ ကဗျာလက်ဆောင်ပေးခြင်း

လျိုယွီရှီ (Liu Yuxi)

ကျွန်ုပ်သည် ဝေးလံသော ပါးရှူဒေသသို့ နယ်နှင်ဒဏ်ပေးခံခဲ့ရသည်မှာ (၂၃) နှစ် ကြာမြင့်ခဲ့ပြီ ဖြစ်ပါသည်။ မိတ်ဆွေဟောင်းအတော်များများ ကွယ်လွန်သွားကြပြီဖြစ်၍ ကျွန်ုပ်မှာလည်း အလွမ်းတေးများကိုသာ သီဆိုနေရပါတော့သည်။ ယခု ပြန်လာသောအချိန်တွင် အရာအားလုံးမှာ ပြောင်းလဲသွား၍ ကမ္ဘာတစ်ခု ပြောင်းသွားသည့်အလား ဖြစ်နေပါသည်။ ကျွန်ုပ်၏ဘဝနှင့် ရှေ့ရေးသည် ရေနစ်နေသည့် လှေငယ်အလား ဖြစ်နေသော်လည်း လှေငယ်၏နံဘေးတွင် ရွက်တစ်ထောင် ရှိပါသည်။ သစ်ဆွေးပင်ကြီးရှေ့တွင် သစ်ပင်ပျိုများ စိမ်းလန်းစိုပြည်နေသကဲ့သို့ပင် ဖြစ်သည်။ ယခု သင်၏ကဗျာကို ကြားလိုက်ရသည်မှာ လှိုက်လှဲတက်ကြွသော ဖျောင်းဖျနှစ်သိမ့်မှုကို ခံစားရသကဲ့သို့ ယမကာလေးနှင့် အားတင်းလိုက်တော့မည်။

【解析】

这首诗歌是唐敬宗宝历二年（826 年）秋，刘禹锡罢和州刺史，被召回京，在扬州遇到了罢苏州刺史北归的白居易。二人虽早有诗歌唱和，但从未谋面，如今偶然相逢，格外高兴，白居易在筵席上写了《醉赠刘二十八使君》，这首诗歌是刘禹锡的酬答之作。诗歌首联、颔联，回顾了自己二十三年来的贬谪生涯以及此番归来的感受，情调凄楚，令人感伤。颈联表达了对世事变迁和仕途升沉的豁达情怀，比喻生动形象，后常被人引用，赋予新的意义，表达新事物终究会取代旧事物的积极乐观精神。尾联则表示在白居易的劝慰之下，要积极振作之意。全诗感情跌宕起伏，于沉郁悲凉中见豪迈雄放，是酬赠诗中的名作。

【ရှင်းလင်းချက်】

ဤကဗျာသည် ထန်ကျင့်ဇုန်းမင်းမြတ်လက်ထက် ပေါင်လိဒုတိယနှစ် (၈၂၆ ခုနှစ်) ဆောင်းဦးတွင် လျိုယွီရှီကို ဟော်ကျိုးဒေသမှူးအဖြစ်မှ ဖယ်ရှား၍ နေပြည်တော်သို့ ပြန်လည်ခေါ်ယူသောအချိန်တွင် ရန်ကျိုးတွင် စူးကျိုးဒေသမှူးအဖြစ်မှ ထုတ်ပယ်ခံရကာ မြောက်ပိုင်းမှပြန်လာသော ပိုင်ကျွီးယိနှင့်တွေ့ဆုံသော အကြောင်း ဖြစ်ပါသည်။ နှစ်ဦးသားသည် ကဗျာများဖြင့် တွေ့ဆုံဖူးကြသော်လည်း လူချင်းမှာမူ တစ်ကြိမ်မျှ မတွေ့ဆုံခဲ့ဘူးပါ။ ယနေ့တွင် ရုတ်တရက်တွေ့ဆုံရသဖြင့် အလွန့်အလွန် ဝမ်းသာကြရပါသည်။ ပိုင်ကျွီးယိသည် ဝါးသင်ဖြူးပေါ်တွင်(မိတ်ဆွေလျိုသို့ ယစ်ထွေတေး) ကို ရေးသားခဲ့ကာ ဤကဗျာသည် လျိုယွီရှီ၏ ပြန်လည်ကျေးဇူးတင်သည့် ကဗျာဖြစ်သည်။ ကဗျာအစပိုဒ်တွင် မိမိ၏ (၂၃) နှစ်တာ နယ်နှင်ခံရသောဘဝနှင့် ယခု ပြန်လာရသောခံစားချက်များကို ပြန်လည်ရေးဖွဲ့ထားသည်မှာ သနားစဖွယ် စိတ်ထိခိုက်ဖွယ် ရှိလှပါသည်။ အလယ်ပိုဒ်သည် လောက၏ အပြောင်းအလဲများနှင့် ရှေ့ရေးမေးမှိန်မှုများကို အသက်ဝင်စွာ ဖော်ပြထားသောကြောင့် နှောင်းလူများ မှီငြမ်းအသုံးပြုရန်အတွက် အဓိပ္ပာယ်အသစ်များ ပေါ်ထွန်းလာစေခဲ့ပါသည်။ အသစ်များက အဟောင်းအဟောင်းတို့ကို အစားထိုးဝင်ရောက်လာမည်ဟူသည့် သဘောထားကို ဖော်ပြနေပါသည်။ နိဂုံးချုပ်တွင် ပိုင်ကျွီးယိ၏ ဖျောင်းဖျမှုအောက်တွင် ဘဝကို အားတင်းသွားမည်ဟူသည့် သဘောထားများ ရှိနေပါသည်။ ကဗျာတစ်ပုဒ်လုံးတွင် ခံစားချက်များ အတက်အကျရှိနေ၍ လေးနက်ဝမ်းနည်းမှုများအတွင်း၌ သွက်လက်ပွင့်လင်းမှုများ ပါဝင်နေကာ လက်ဆောင်ကဗျာများအနက် နာမည်ကျော် ကဗျာတစ်ပုဒ်ဖြစ်သည်။

37.《竹枝词》刘禹锡

【原文】

杨柳青青江水平，闻郎江上唱歌声。东边日出西边雨，道是无晴还有晴。

【释文】

江边柳色青青，江水平静，宛如明镜，忽然听到情郎在江上歌唱。就像这天气，东边日出，西边还下着雨，他到底对我有情还是无情呢？

【解析】

这首诗歌是刘禹锡任夔州刺史时，模仿当地民歌创作而成的。《竹枝词》共十一首，集中反映了当地的风土民情，这首诗歌是其中一首。诗歌生动地抒写了一位少女初恋时微妙复杂的心理。诗歌运用了民歌中常用的谐音双关——无晴（无情）、有晴（有情），来表达少女对心上人心思的迷茫，写得活泼生动。

37. ဝါးခက်တေး

လျိုယွီရှီ (Liu Yuxi)

မြစ်ဘေးမှ အစိမ်းရောင် မိုးမခပင်များသည် လွင့်ပျံနေ၍ မြစ်ရေသည် ကြည့်မှန်ကဲ့သို့ ဆိတ်ငြိမ်လျက်ရှိသည်။ ကမ်းတစ်ဖက်မှ ချစ်ရသူ၏ သီချင်းဆိုသံကို ရုတ်တရက် ကြားလိုက်ရသည်။ ယခု အရှေ့ဘက်တွင် နေထွက်လျက် အနောက်ဘက်တွင် မိုးရွာသည့်ရာသီဥတုကဲ့သို့ သူသည် ကျွန်မ အပေါ်တွင် မေတ္တာရှိသလော၊ မရှိသလော မဝေခွဲတတ်နိုင်တော့ပေ။

【ရှင်းလင်းချက်】

ဤကဗျာသည် ခွေကျိုးဒေသ၌ ဒေသအုပ်ချုပ်ရေးမှူးအဖြစ် လျိုယွီရှီတာဝန်ထမ်းဆောင်သည့်အချိန်တွင် ဒေသခံတေးသီချင်းများကို အတုယူမှီငြမ်း၍ ရေးစပ်ထားခြင်းဖြစ်သည်။ (ဝါးခက်တေး) စုစုပေါင်း (၁၁) ပုဒ်ရှိပါသည်။ ကဗျာပေါင်းစုတွင် ဒေသခံများ၏ဓလေ့ထုံးစံများ ထင်ဟပ်နေ၍ ယခုကဗျာသည်လည်း တစ်ပုဒ် အပါအဝင်ဖြစ်သည်။ ကဗျာသည် မိန်းကလေးငယ်တစ်ဦး အချစ်ဦးတွေ့သည့်အချိန်တွင် ဖြစ်ပေါ်တတ်သော ရှုပ်ထွေးသည့် ရင်တွင်းခံစားချက်ကို အသက်ဝင်စွာ ရေးဖွဲ့ထားပါသည်။ ကဗျာတွင် ကျေးလက်တေးများ၌ အသုံးများသည့် သံတူကြောင်းကွဲနည်းဖြင့် ရေးဖွဲ့ထားသည်။ တရုတ်ဘာသာတွင် မိုးရွာသည်နှင့် မချစ်ပါ၊ နေသာသည်နှင့် သဘောကျနှစ်သက်သည် ဟူသည့်စကားလုံးများ အသံထွက် တူနေပါသည်။ ဤအရေးအသားဖြင့် မိန်းကလေးငယ်၏ ချစ်သူအပေါ် စိတ်သဘော မသေချာမှုများကို တက်ကြွအသက်ဝင်စွာ ရေးဖွဲ့ထားပါသည်။

38.《赋得古原草送别》白居易

【原文】

离离原上草，一岁一枯荣。野火烧不尽，春风吹又生。远芳侵古道，晴翠接荒城。又送王孙去，萋萋满别情。

【释文】

这是多么茂盛的古原草啊，年年岁岁都要春荣秋枯，循环不已。野火燎原，大片枯草被熊熊烈火烧得一片焦黑，然而春风吹拂大地，野草复苏，又是一片欣欣向荣。一望无际的草丛侵占了古道，阳光下翠绿的青草蔓延开去连接着荒城。又要送朋友离开了，我内心的离别之情如同这繁盛的青草一样浓重而深沉。

38. ရှေးမြက်ခင်းပြင်သို့ တမ်းတခြင်းတေး

ပိုင်ကျွီးယိ (Bai Juyi)

ဤနေရာသည် အလွန်ပင် စိမ်းစိုထူပြောလှသည့် ရှေးမြက်ခင်းပြင်ကြီး ဖြစ်သည်။ နှစ်စဉ်နှစ်တိုင်း နွေဦးတွင် စိမ်းလန်းစိုပြေကာ ဆောင်းဦးတွင် ညှိုးခြောက်၍ သံသရာလည်နေရပါသည်။ တောမီးများ လောင်ကျွမ်းသည့်အခါ မြက်ခင်းပြင်ကြီးတွင် မီးတောက်များဖုံးလွှမ်း၍ မှောင်မည်းနေပါတော့သည်။ သို့သော်လည်း နွေဦးလေအဝေ့တွင် မြက်ခင်းပြင်ကြီးသည် ပြန်လည်နိုးထလာကာ စိမ်းလန်းလာပြန်ပါတော့သည်။ အဆုံးမရှိသည့်မြက်ခင်းပြင်ကြီးက ရှေးလမ်းမကြီးကို ဖုံးလွှမ်းသွားကာ နေရောင်အောက်မှ မြစိမ်းရောင်မြက်ခင်းပြင်ကြီးသည် မြို့ဟောင်းနေရာထိတိုင်အောင် ဆက်စပ်နေပါတော့သည်။ မိတ်ဆွေနှင့် ခွဲခွာရဦးတော့မည်။ ကျွန်ုပ်ရင်တွင်း၌ ခွဲရတော့မည်ဟူသော စိတ်များသည် ဤစိမ်းစိုသည့် မြက်ခင်းကြီးကဲ့သို့ပင် ထူပြော၍ လေးလံလှပါသည်။

【解析】

这是白居易年少时的一篇作品，据说他曾经去谒见顾况，因此诗而受到顾况的盛赞，名声大振。这是一首命题之作，因要依照指定的题目作诗，所以要在题目上加“赋得”二字。诗歌上半部分围绕“古原草”来吟咏，下半部分围绕“送别”来写。尤其写草的部分，热情赞颂了野草的生命力之顽强，野火无论怎样肆虐，都无法阻挡春天里崭新生命的萌发。“野火烧不尽，春风吹又生。”对仗工整天然，语言朴实有力，蕴含了昂扬乐观、积极向上的精神，寓意深刻，卓绝千古，这首作品也成为“赋得体”中的绝唱。

【ရှင်းလင်းချက်】

ဤကဗျာသည် ပိုင်ကျွီးယိငယ်စဉ်က ရေးဖွဲ့ထားသော လက်ရာဖြစ်သည်။ တစ်ချိန်က ကုခွမ့်ကို သွားရောက်တွေ့ဆုံရာတွင် ဤကဗျာကို ကုခွမ့်က ချီးကျူးခဲ့ကာ နာမည်ကျော်လာခဲ့ခြင်း ဖြစ်သည်။ ဤကဗျာသည် သတ်မှတ်ထားသောခေါင်းစဉ်ဖြင့် စပ်ဆိုရသောကြောင့် ကဗျာအမည်တွင် "ဖုတေ" ဟူသည့် စကားလုံးကို ထည့်သွင်းရေးဖွဲ့ရပါသည်။ ကဗျာ၏အရှေ့ပိုင်းတွင် ရေးမြက်ခင်းပြင်ကို ဖွဲ့ဆိုထား၍ နောက်ပိုင်းတွင် နှုတ်ဆက်ခြင်းကို ရေးဖွဲ့ထားပါသည်။ အထူးသဖြင့် မြက်ခင်းကို ရေးဖွဲ့သောအပိုင်းတွင် မြက်ရိုင်းများ၏ အသက်ရှင်သန်နေထိုင်လိုမှု ပြင်းထန်ပုံကို တင်စားထား၍ တောမီးများ မည်သို့လောင်ကျွမ်းပါသော်လည်း နွေဦးတွင် အသစ်တစ်ဖန် ပြန်လည် ပေါ်ပေါက်လာခြင်းကို မည်သို့မျှ တားဆီး၍မရနိုင်ကြောင်း လှိုက်လှဲစွာ ချီးကျူးရေးဖွဲ့ထားပါသည်။ "တောမီးလောင်လို့ မကုန်၊ နွေဦးလေနဲ့ ပြန်လည်ရှင်သန် " ဟူသော ကာရန်ညီ စာသားများသည် ပြေပြစ်အားပါလှပါသည်။ အကောင်းမြင်ကာ တိုးတက်လိုစိတ်ရှိသော စိတ်ဓာတ်များပါဝင်နေကာ အဓိပ္ပာယ်လေးနက်လှ၍ ဤကဗျာသည် တော်ဝင်ကဗျာများအနက် အကောင်းဆုံးလက်ရာ ဖြစ်ခဲ့လေသည်။

唐詩選譯

39.《钱塘湖春行》白居易

【原文】

孤山寺北贾亭西，水面初平云脚低。几处早莺争暖树，谁家新燕啄春泥。乱花渐欲迷人眼，浅草才能没马蹄。最爱湖东行不足，绿杨阴里白沙堤。

【释文】

春日里走在西湖边，从孤山寺北面到贾亭西面，西湖涨了潮，水面刚刚与堤岸平齐，天上的白云重重叠叠，与荡漾的湖面连成了一片。几只早出的黄莺争着飞向向阳的暖树，不知谁家新来的燕子正在营造它的新巢。五彩缤纷的春花开得越来越热闹，简直要让人眼花缭乱了，而才长出来没多久的春草，才刚刚能够遮住马蹄。我最爱的便是西湖东面的美景，觉得欣赏得还不够，再去绿杨阴下的白沙堤看看。

39. နွေဦးတွင် ရှီးဟူကန်ဘေး၌ လမ်းလျှောက်ခြင်း

ပိုင်ကျွီးယိ (Bai Juyi)

နွေဦးရက်များတွင် ရှီးဟူကန်ဘေး၌ လမ်းလျှောက်ရာ အထီးကျန်တောင်ဘုရားကျောင်းမြောက်ဘက်မှ ကြာအမည်ရှိဇရပ် အနောက်ဘက်သို့ လမ်းတစ်လျှောက်တွင် ရှီးဟူကန်ကြီး၌ ရေများတက်နေပါသည်။ ရေမျက်နှာပြင်က ကန်ရိုးနှင့် တစ်ညီတည်းဖြစ်နေကာ ကောင်းကင်ပေါ်မှ တိမ်ဖြူအထပ်ထပ်နှင့် လှုပ်ခတ်နေသည့် ကန်ရေပြင်တို့သည် တစ်သားတည်း ဖြစ်၍နေပါသည်။ နံနက်စောစောထသည့် ငှက်ဝါကလေးများသည် နေရောင်ရသည့် သစ်ပင်များထံ ပျံသန်းသွားကြပါသည်။ အသစ်ရောက်လာသော ပျံလွှားငှက်ကလေးများသည် မည်သူ့အိမ်တွင် အသိုက်သစ်ကို တည်ဆောက်နေကြသနည်းဟု မသိနိုင်ပေ။ ရောင်စုံ နွေဦးပန်းများသည်လည်း လှပစွာပွင့်နေကြသည်မှာ မျက်လုံးများပင် မှုးနောက်သွားစေပါသည်။ ပေါက်လာသည်မှာ မကြာသေးသည့် နွေဦးမြက်လေးများမှာလည်း မြင်းခွာရာကိုဖုံးရုံသာ မြင့်ပါသေးသည်။ ကျွန်ုပ်အကြိုက်ဆုံးရှုခင်းမှာ ရှီးဟူကန် အရှေ့ဘက်ရှိ ရှုခင်းပင်ဖြစ်ပါသည်။ ကြည့်ရှု၍ မဝနိုင်အောင်ပင် ဖြစ်သည်။ ထို့ကြောင့် အစိမ်းရောင်မြက်ခင်းစပ်မှ သဲဖြူကန်သင်းပေါ်သို့ သွား၍ကြည့်ရှုလိုက်ပါဦးမည်။

【解析】

这首诗歌大概写于长庆三、四年（823—824）间，白居易任杭州刺史之时。诗歌写了杭州西湖初春时的美景。作品从孤山寺写起，归至白沙堤，中间写绕湖游览时看到的各种景色，层次分明，条理井然。无论是莺莺燕燕、热闹欢腾的动景，还是春花绚烂、春草遮蔽马蹄的静景，都细致入微地写出了春天西湖的勃勃生机，表现出作者对西湖美景的热爱和愉悦舒畅的心情。

【ရှင်းလင်းချက်】

ဤကဗျာသည် ချန်ချင့်သုံးနှစ် (၈၂၃ ခုနှစ်)၊ လေးနှစ် (၈၂၄ ခုနှစ်) တို့တွင် ရေးဖွဲ့ခဲ့ခြင်းဖြစ်၍ ဟန်ကျိုးတွင် ပိုင်ကျွီးယိ ပြည်နယ်မှူးလုပ်နေသော အချိန်ဖြစ်သည်။ ကဗျာတွင် ဟန်ကျိုးရှီးဟူကန်၏ နွေဦးကာလအလှကို ရေးဖွဲ့ထားပါသည်။ အထီးကျန်တောင်ဘုရားကျောင်းမှ စတင်ရေးဖွဲ့ကာ သဲဖြူကန်သင်းတွင် အဆုံးသတ်ထားပါသည်။ အလယ်ပိုင်းတွင် ကန်ကို လှည့်ပတ်ကြည့်သည့်အချိန်၌ တွေ့မြင်ရသည့် ရှုခင်းမျိုးစုံကို ရေးဖွဲ့ထားကာ သေသပ်လှပ ရှင်းလင်းလှပါသည်။ ငှက်ဝါလေး စင်ရော်လေးများ ပျော်ရွှင်မြူးတူးနေသော ရှုခင်းကိုလည်းကောင်း၊ နွေဦးပန်းလေးများ လှပစွာပွင့်လန်း၍ နွေဦးမြက်များက မြင်းခွာရာများကို ဖုံးလွှမ်းထားသော မြင်ကွင်းကိုလည်းကောင်း စေ့စပ်သေချာစွာ ရေးဖွဲ့ထားသဖြင့် နွေဦးကာလ ရှီးဟူကန်၏ သက်ဝင်လှုပ်ရှားနေမှုများကို ပေါ်လွင်စေပါသည်။ ကဗျာဆရာအနေနှင့် ရှီးဟူကန်အပေါ် မြတ်နိုးမှုနှင့် နှစ်သက်မှုစိတ်များကို ပေါ်လွင်စေပါသည်။

唐詩選譯

40.《悯农》李绅

【原文】

锄禾日当午，汗滴禾下土。谁知盘中餐，粒粒皆辛苦。

【释文】

在烈日当空的正午，农民在田地里劳作，汗滴洒落，融入那禾苗生长的土地中。又有谁能够知道，这盘中的粒粒粮食都是农民辛辛苦苦劳动得来的？

【解析】

这首诗歌语言浅近，质朴自然，但立意高远，笔力简劲，引人深思。诗歌前两句描绘农民在田间挥汗如雨、辛苦耕耘的画面，后两句则笔锋一转，质问那些坐享其成的人，不懂稼穑的艰辛。表达了愤慨的心情，也将对农民的哀悯推向了顶点，有极强的艺术感染力，引发了读者的共鸣，是广为传诵的名作。

40. လယ်သမားသို့ ကရုဏာ

လီရှင်း (Li Shen)

နေကျဲကျဲတောက်ပူနေသော နေမွန်းတည့်အချိန်တွင် လယ်သမားများသည် လယ်တောတွင် အလုပ်လုပ်နေကြသည်။ ချွေးစက်များ တပေါက်ပေါက်ကျကာ အညွန့်အညှောက်လေးများထွက်နေသော မြေတွင်းသို့ စိမ့်ဝင်သွားကြပါသည်။ ထမင်းပန်းကန်တွင်းမှ ဆန်စေ့လေးများသည် လယ်သမားများ ပင်ပန်းဆင်းရဲစွာဖြင့် စိုက်ပျိုးမှုမှ ရရှိလာခြင်းဖြစ်သည်ကို အဘယ်သူများ သိနိုင်ကြပါမည်နည်း။

【ရှင်းလင်းချက်】

ဤကဗျာသည် စာသားများရိုးရှင်းကာ သဘာဝကျသော်လည်း အဓိပ္ပာယ်နက်ရှိုင်းကာ အရေးအသားမှာ အားပါလှသဖြင့် တွေးတောစရာလေးများ ပေါ်ပေါက်စေပါသည်။ ကဗျာ ရှေ့နှစ်ကြောင်းသည် လယ်သမားများ လယ်တောတွင်း၌ ချွေးသံတရွှဲရွှဲနှင့် ပင်ပန်းဆင်းရဲစွာ လယ်ထွန်နေရသည့် မြင်ကွင်းကို ရေးဖွဲ့ထားကာ နောက်နှစ်ကြောင်းတွင် ရုတ်တရက်ပြောင်းလဲကာ အခန့်သား စံစားနေသောသူများကို မေးခွန်းထုတ်ထားပါသည်။ လယ်လုပ်ရခြင်း၏ ပင်ပန်းမှုများကို နားမလည်ကြသဖြင့် ခံပြင်းရသော စိတ်အနေအထားကိုလည်း လှစ်ပြထားပါသည်။ လယ်သမားများ၏ သနားစဖွယ်ကောင်းသည့်ဘဝကို အမြင့်ဆုံးသို့ တွန်းတင်ထားကာ အနုပညာခံစားချက် အပြည့်ပါဝင်သဖြင့် ခံစားချက်များတူညီကာ ရေပန်းစားမှုများခဲ့သော လက်ရာတစ်ခုဖြစ်သည်။

41.《登柳州城楼寄漳汀封连四州刺史》
柳宗元

【原文】

城上高楼接大荒，海天愁思正茫茫。惊风乱飐芙蓉水，密雨斜侵薜荔墙。岭树重遮千里目，江流曲似九回肠。共来百越文身地，犹自音书滞一乡。

【释文】

登上柳州城楼，遥望远方，只见无尽的旷野荒原连接着这座高楼，我内心的愁绪如同这宽广的柳江和茫茫无边的天际一样深广。狂风肆虐，吹乱了池塘中的荷花；密雨斜侵，打击着缘墙而生的薜荔。岭上树木重重，遮挡了远眺的视线；江流曲折，就好像我内心纠缠的愁思。大家都来到这南方蛮荒之地，可是，即便要互通音信，彼此问候，却仍然连书信都无法送达。

41. လျို့ကျိုးမြို့ရိုးပေါ်တွင်ရေးသည့် ပြည်နယ်ဝန်မင်းလေးဦးသို့ ပေးစာ

လျို့ဇုန်းယွမ် (Liu Zongyuan)

လျို့ကျိုးမြို့ရိုးပေါ်သို့တက်ကာ အဝေးကို မျှော်ကြည့်သည့်အခါ အဆုံးမရှိ ကျယ်ပြန့်သော မြက်ခင်းပြင်ကြီးသည် ဤအဆောင်မြင့်ကြီးနှင့် ဆက်စပ်နေပါသည်။ စိတ်တွင်းမှ ဝမ်းနည်းမှုများသည် ဤကျယ်ပြန့်သည့် လျို့ကျန်းမြစ်နှင့် အဆုံးမရှိသည့် ကောင်းကင်အစွန်းကဲ့သို့ နက်ရှိုင်းကျယ်ပြန့်လှပါသည်။ လေပြင်းများ တိုက်ခတ်ကာ ရေကန်တွင်းမှ ကြာပန်းများကို ယောက်ယက်ခတ်သွားစေပါသည်။ မိုးစက်ကလေးများကလည်း မြို့ရိုးပေါ်တွင် တွယ်တက်နေသော နွယ်ပင်ကလေးများကို ဖျန်းပက်နေပါသည်။ တောင်စောင်းပေါ်တွင် သစ်ပင်များ အထပ်ထပ်ပေါက်နေသည်မှာ အဝေးသို့မျှော်ကြည့်၍ မရအောင်ပင်ဖြစ်သည်။ မြစ်ရေစီးကြောင်းက ကွေ့ဝိုက်စီးနေသည်မှာလည်း စိတ်တွင်း၌ တွယ်ကပ်နေသည့် ဝမ်းနည်းမှုကဲ့သို့ပင် ဖြစ်သည်။ သူငယ်ချင်းအားလုံးသည် ဤတောင်ပိုင်းရှိ ဝေးလံဆင်းရဲသည့်ဒေသသို့ လာခဲ့ကြသည်။ သို့သော် အချင်းချင်းနှုတ်ခွန်းဆက်လိုကြသော်လည်း စာတစ်လွှာ ပေတစ်ရွက်ပင် ပို့ရန် မဖြစ်နိုင်ပါ။

【解析】

永贞元年（805年），柳宗元等参与了王叔文改革集团的成员相继遭到贬谪，直至元和十年(815年)才被召回京城，但仍遭受排挤，被分发至边远州郡。这首诗歌便是柳宗元初到柳州时所创作的。诗歌首联写诗人登上高楼远眺时内心的忧愤，境界开阔宏大。颔联以“芙蓉”“薜荔”来象征自己品行的高洁，用“惊风”“密雨”来象征他在政治上所遭受的打击。颈联和尾联则抒写了内心的愤懑和愁苦，朋友们即使同来这蛮荒之地，想要互通音信，却也十分困难。全诗情调沉痛哀婉，凄楚动人。

【ရှင်းလင်းချက်】

ရုံကျန်းယွမ်နှစ် (၈၀၅ ခုနှစ်) တွင် လျိုဇုန်းယွမ်အစရှိသည့် ဝမ်းရှူးဝင်တော်လှန်ရေးတွင် ပါဝင်ခဲ့သောသူများမှာ ဆက်တိုက်ဆိုသလိုပင် အနိုမ်ခံကြရပါသည်။ ယွမ်ဟယ်ဆယ်နှစ် (၈၁၅ ခုနှစ်) ရောက်မှသာ နေပြည်တော်သို့ ပြန်လည်ခေါ်ယူခဲ့ပါသည်။ သို့သော်လည်း အပယ်ခံနေရဆဲဖြစ်ကာ ဝေးလံခေါင်ပါးသော ဒေသများသို့ ပို့ဆောင်ခြင်းခံရပါသည်။ ဤကဗျာသည် လျိုဇုန်းယွမ် လျိုကျိုးဒေသသို့ စရောက်သောအချိန်တွင် ရေးဖွဲ့ထားခြင်းဖြစ်ပါသည်။ ကဗျာပထမအပိုဒ်တွင် ကဗျာဆရာသည် အမြင့်သို့တက်ကာ အဝေးသို့ မျှော်ကြည့်သောအချိန်တွင် ၎င်း၏စိတ်တွင်း၌ ဝမ်းနည်းမှုကို ရေးဖွဲ့ထားရာ ခံစားချက် ပြည့်ဝလှပါသည်။ နောက်တစ်ပိုဒ်တွင် ကြာပန်းပင်၊ နွယ်ပင်များဖြင့် မိမိ၏စာရိတ္တ ဖြူစင်မြင့်မားမှုကို တင်စားပြထားကာ လေပြင်း၊ မိုးစက်များဖြင့် နိုင်ငံရေးလောကတွင် ၎င်းခံစားခဲ့ရသော ထိုးနှက်ချက်များကို တင်စားထားပါသည်။ နောက်နှစ်ပိုဒ်တွင်မူ စိတ်တွင်း၏ နာကြည်းခံပြင်းမှုနှင့် ပင်ပန်းဆင်းရဲမှုတို့ကို ရေးဖွဲ့ထားကာ ဤဝေးလံခေါင်ပါးသောဒေသသို့ မိတ်ဆွေများသည်လည်း အတူလာကြရသော်လည်း အပြန်အလှန် စာရေးဆက်သွယ်နိုင်ရန်မှာမူ အလွန့်အလွန် ခက်ခဲလှပါသည်။ ကဗျာတစ်ပုဒ်လုံးတွင် ဝမ်းနည်း ကြေကွယ်ဖွယ်ရာများသာဖြစ်၍ သနားဖွယ်ရာ ကောင်းလှပါသည်။

42.《江雪》柳宗元

【原文】

千山鸟飞绝，万径人踪灭。孤舟蓑笠翁，独钓寒江雪。

【释文】

千山万岭，不见一只鸟的踪迹；千路万径，也人迹断绝。在一叶小舟上，有一位穿蓑衣戴斗笠的老翁，独自在大雪茫茫的江边垂钓。

【解析】

这首诗歌大概写于柳宗元谪居永州期间，表达了诗人绝世出尘、超然物外的清高孤傲的情怀。诗歌的艺术布局十分精巧，前两句描绘了寥廓空寂的巨大背景，后两句以一叶孤舟、独钓的渔翁来加以映衬，使整个诗歌的画面形成大与小的巨大差异，凸显了渔翁的渺小、孤独和特立独行，在艺术上给人以奇峭劲健的感受。

42. နှင်းတွေကြားက မြစ်ကမ်း

လျိုဇုန်းယွမ် (Liu Zongyuan)

တောအထပ်ထပ် တောင်စဉ်အထပ်ထပ်တွင် ငှက်တစ်ကောင်မျှပင် မတွေ့ရသော နေရာဖြစ်၍ လမ်းခရီးရှည်လျားကာ လူသူ၊ ခရီးသွား ပြတ်လှပါသည်။ မြစ်ဘေးရှိ လှေငယ်ကလေးပေါ်၌ မြက်ဦးထုပ်ဆောင်း၍ မြက်ဝတ်ရုံကိုခြုံထားသော အဘိုးအို တစ်ဦးတည်းသာ နှင်းတဖွေးဖွေးကျနေသော မြစ်ဘေးတွင် ငါးမျှားနေပါသည်။

【ရှင်းလင်းချက်】

ဤကဗျာသည် လျိုဇုန်းယွမ် ရိုကျိုးဒေသ၌ နေထိုင်စဉ်ကာလခန့်တွင် ရေးဖွဲ့ ထားခြင်းဖြစ်သည်။ ကဗျာဆရာ၏ အများနှင့်မတူ သူတစ်ပါးထက် သာလွန်လိုသည့် မာန်မာနစိတ်ထားကို ပေါ်လွင်စေပါသည်။ ကဗျာသည် အနုပညာပိုင်းအရ အလွန်ကောင်းမွန် သေသပ်လှပါသည်။ ရှေ့နှစ်ပိုဒ်တွင် အထီးကျန်သောနောက်ခံကို ရေးဖွဲ့ထားကာ နောက်နှစ်ပိုဒ်တွင်မူ လှေငယ်ကလေးနှင့် အထီးကျန်ငါးမျှားသမားတို့ဖြင့် အပြန်အလှန် ပေါ်လွင်ထင်ရှားစေ၍ ကဗျာတစ်ပုဒ်လုံးတွင် ရှုခင်း အကြီးအသေးများကို ယှဉ်တွဲ ပြထား ပါသည်။ ငါးမျှားသမား၏ သေးငယ်မှု၊ အထီးကျန်မှုနှင့် သီးခြားဖြစ်မှုများကို အနုပညာအရ တင်ပြနိုင်၍ ထူးခြားဆန်းပြားသော ခံစားချက်ကို ခံစားရနိုင်ပါသည်။

唐詩選譯

43.《离思五首》（曾经沧海难为水）元稹

【原文】

曾经沧海难为水，除却巫山不是云。取次花丛懒回顾，半缘修道半缘君。

【释文】

曾经经历过“沧海”“巫山”，就不会对其他的水和云动心了；我曾经拥有过你这样美好的女子，再不会对其他女子心动了。我也曾信步走过“花丛”，却懒于理会，一半是因为我要修身养性，一半是因为曾经有你的缘故。

【解析】

这首诗歌大约是悼念亡妻之作。诗歌以暗喻的方式，表达了对亡妻的忠贞和怀念之情。沧海无比深广，见识过沧海之后，其他所有的水都相形见绌；见识过如巫山上美好的云之后，别处的云就都为之黯然失色了。诗人把妻子在自己心中的地位和对妻子的爱恋，以这样精警的语言表达出来，令人为之动容。这首诗歌感情真挚，语浅情长，尤其开篇两句，为后人称颂，是唐代悼亡绝句中的佳作。

43. လွမ်းဆွတ်မှုတေးငါးထပ်

ယွမ်ကျန် (Yuan Zhen)

ချန်းဟိုင်ပင်လယ်နှင့် ဝူးရှန်းတောင်တို့သို့ ရောက်ဖူးသူဖြစ်လျှင် အခြားနေရာရှိ ရေနှင့် တိမ်များအပေါ်တွင် စိတ်လှုပ်ရှားမှု ရှိမည်မဟုတ်ပေ။ တစ်ချိန်က သင့်ကဲ့သို့ အလွန်လှပသည့်မိန်းကလေးကို ပိုင်ဆိုင်ခဲ့ဖူးသည့်အတွက် အခြား မိန်းကလေးများအပေါ်တွင် စိတ်လှုပ်ရှားမည် မဟုတ်တော့ပေ။ တစ်ချိန်က"ပန်းပွင့်လေးများ" (မိန်းကလေးများကို တင်စားသည်။) ကြားတွင် လမ်းလျှောက်ခဲ့ရဖူးသော်လည်း "ပန်းပွင့်များ"ကို ဂရုမပြုခဲ့ပေ။ အကြောင်းရင်း တစ်ချက်မှာ ကျွန်ုပ်၏စိတ်ကို တည်ငြိမ်အေးချမ်းရန် ထိန်းချုပ်လေ့ကျင့်ရမည်။ အခြားတစ်ချက်မှာ သင်နှင့် ကြုံတွေ့ဖူးသည့်အတွက်ကြောင့် ကျွန်ုပ်၏စိတ်၌ မည်သူမျှ သင့်ကို မမီနိုင်ခြင်း ဖြစ်ပေမည်။

【ရှင်းလင်းချက်】

ဤကဗျာသည် ကွယ်လွန်သွားသောဇနီးသည်ကို အောက်မေ့သတိရသည့် ကဗျာတစ်ပုဒ်ဖြစ်သည်။ ကဗျာတွင် ရိုးတိုးရိပ်တိပ် ဖော်ပြသည့်သဘောဖြင့် ကွယ်လွန်သွားသော ဇနီးသည်၏သစ္စာရှိမှုနှင့် သတိရအောက်မေ့မှုများကို ဖော်ပြထားပါသည်။ ချန်းဟိုင်ပင်လယ်သည် အလွန့်အလွန် နက်ရှိုင်းလှသဖြင့် ချန်းဟိုင်ပင်လယ်ကို တွေ့မြင်ပြီးနောက် အခြားသောရေပြင်များသည် ရှိသည်ဆိုရုံမျှသာ ဖြစ်တော့သည်။ ဝူးရှန်းတောင်မှ လှပသောတိမ်တိုက်များကို တွေ့မြင်ပြီးနောက် အခြားသောတိမ်တိုက်များသည် အရောင်မှိန်သွားရပါတော့သည်။ ကဗျာဆရာသည် မိမိရင်တွင်း၌ရှိသော ဇနီးသည်၏နေရာနှင့် ဇနီးသည်အပေါ် ချစ်မြတ်နိုးမှုများကို ယခုကဲ့သို့သော လှပသည့်စာသားများဖြင့် လိုရင်းတိုရှင်းဖော်ပြထားသည်မှာ စိတ်လှုပ်ရှားဖွယ် ကောင်းလှပါသည်။ ဤကဗျာသည် စိတ်ခံစား ချက်များ စစ်မှန်၍ စာသားများသေသပ်ကာ မေတ္တာ စစ်မှန်လှပါသည်။ အထူးသဖြင့် အစပိုင်း စာနှစ်ကြောင်းသည် နှောင်းလူများ အတုယူရသော ထန်ခေတ် ဝမ်းနည်းကြေကွဲမှုဘွဲ့များတွင် အကောင်းဆုံး ဖြစ်ပါသည်။

唐詩選譯

44.《题李凝幽居》贾岛

【原文】

闲居少邻并，草径入荒园。鸟宿池边树，僧敲月下门。过桥分野色，移石动云根。暂去还来此，幽期不负言。

【释文】

李凝的居所地处幽静，一条杂草丛生的小径通往荒芜不治的小园，周围也没有邻居。月色皎洁，万籁俱寂，我轻轻敲打着门，敲门声惊扰了宿在池边树上的鸟儿。走上小桥，看到两边原野的景色，晚风轻拂，云脚移动，似乎下面的山石也在移动一般。我暂时离去，不久还会再来，到时一定不辜负共同隐居的约定。

【解析】

这首诗歌写了诗人在月夜拜访朋友李凝不遇的故事，诗歌意境清幽，以草径、荒园、鸟儿、池塘等寻常事物入诗，却写得颇有韵致。其中“鸟宿池边树，僧敲月下门”一联尤为著名，后世“推敲”的故事就是由此而来。诗歌写了李凝居所的幽静无扰，表达了诗人对隐逸生活的向往。

44. လီနင်အိမ်မှ တေးတစ်ပုဒ်

ကြာတောင် (Jia Dao)

လီနင် နေထိုင်သောနေရာသည် အေးဆေး ဆိတ်ငြိမ်လှပါသည်။ မြက်ပင်များဖြင့် ရှုပ်ထွေးနေသော လမ်းငယ်လေးများသည် ပျက်စီးနေသော ဥယျာဉ်လေးသို့ ပေါက်ရောက်သွား၍ ဘေးပတ်ဝန်းကျင်တွင်လည်း အိမ်နီးနားချင်းများ မရှိကြပါ။ ဖြူစင်သော လရောင်အောက်တွင် အထီးကျန်ဆန်စွာရှိနေစဉ် ကျွန်ုပ်အိမ်တံခါးကို အသာအယာ ခေါက်လိုက်သံသည် သစ်ပင်ပေါ်တွင် အိပ်တန်းတက်နေသော ငှက်ကလေးများကိုပင် လန့်သွားစေပါသည်။ တံတားကလေးပေါ်သို့ ဖြတ်သွားချိန်တွင် ဘေးနှစ်ဘက်မှ ရှုခင်းများကို ကြည့်ရှုလိုက်ရာညတွင် လေများတိုက်ကာ တိမ်စိုင်များ လွင့်နေသည်မှာ မြေပေါ်ရှိ ကျောက်တုံးများပင် လှုပ်နေသည်ဟု ထင်မှတ်ရပါသည်။ ခဏတာ ထွက်ခွာခြင်းသာဖြစ်၍ မကြာမီ ပြန်လာမည်ဖြစ်သည်။ ပြန်လာချိန်တွင် တောတောင်တွင်း၌ အတူတကွ နေထိုင်မည်ဟူသည့်ကတိကို အကောင်အထည် ဖော်ကြမည်ဖြစ်သည်။

【ရှင်းလင်းချက်】

ဤကဗျာသည် ညခင်းဘက်တွင် ကဗျာဆရာက မိတ်ဆွေလီနင်ထံသို့ သွားရောက်တွေ့ဆုံရာတွင် မတွေ့ဆုံဖြစ်ခဲ့သည့်အကြောင်းကို ရေးဖွဲ့ထားပါသည်။ ကဗျာတွင် ဆိတ်ငြိမ်နေသည့် ပတ်ဝန်းကျင်၌ မြက်ခင်း၊ ပျက်စီးနေသောဥယျာဉ်၊ ငှက်ငယ်၊ ရေကန်စသည့် တွေ့မြင်နေကျ အရာဝတ္ထုများနှင့် စပ်ဆိုထားသော်လည်း စိတ်ဝင်စားဖွယ် ကောင်းလှသည်။ ထိုကဗျာတွင်“ငှက်ကလေးတွေ ကန်ဘေးသစ်ပင်ပေါ်၊ အိပ်တန်းတက်၊ ရဟန်းတော်က၊ လသာညတွင် တံခါးခေါက်” ဟူသည့်စာပိုဒ်သည် အထူး ကျော်ကြားပါသည်။ နှောင်းခေတ် “တီးခေါက်” ဟူသော စကားလုံးသည် ထိုစာပိုဒ်မှ ဆင်းသက်လာပါသည်။ ကဗျာသည် လီနင်နေထိုင်ရာ နေရာဒေသ၏ ဆိတ်ငြိမ်အေးချမ်းမှု၊ အနှောင့်အယှက်ကင်းမှုကို ရေးဖွဲ့ထားကာ ကဗျာဆရာ၏ အေးချမ်းသောဘဝကို လိုလားသည့်ဆန္ဒကို ဖော်ပြနေပါသည်။

唐詩選譯

45.《雁门太守行》李贺

【原文】

黑云压城城欲摧，甲光向日金鳞开。角声满天秋色里，塞上燕脂凝夜紫。半卷红旗临易水，霜重鼓寒声不起。报君黄金台上意，提携玉龙为君死。

【释文】

敌军如黑云压城一般围涌过来，似乎要把这座城池摧毁。城中将士们的铠甲在阳光下如鳞片般闪耀着金色的光芒。满天秋色中响起了悲壮的号角声，胭脂色的边塞城墙在暮色中变成了凝重的紫色。军队挺进易水，红旗半张半卷，在霜浓天寒的夜里，战鼓声都沉闷不响。为报答君王重金养士的厚意，将士们愿舍弃生命，手持宝剑，战死沙场。

【解析】

这首诗歌写了边塞战争的激烈残酷以及将士们慷慨激昂的报国之志。作品以鲜明奇异的色彩，点染了紧张悲壮的战斗场面；以压抑沉闷的氛围，映衬将士们英勇卫国的气概。整首诗色彩瑰丽而不凝滞，气氛悲壮而不凄凉，代表了李贺诗歌奇异诡谲又雄浑蕴藉的独特风格。

45. ယန့်ခံတပ်တပ်မှူး ခရီးစဉ်

လီဟယ့် (Li He)

ရန်သူ့တပ်များသည် တိမ်မည်းများ အလိပ်လိုက်တက်လာသကဲ့သို့ တစ်မြို့လုံးကို ဖျက်ဆီးတော့မည်အလားပင် ဖြစ်သည်။ မြို့တွင်းမှ စစ်သည်များ၏ သံချပ်ကာများသည် နေရောင်အောက်တွင် ငါးအကြေးခွံများကဲ့သို့ ရွှေရောင်တဝင်းဝင်း ဖြစ်နေပါသည်။ ဆောင်းဦးရာသီ မိုးကောင်းကင်တွင် ဝမ်းနည်းဖွယ်ရာ ခရာသံများ ထွက်ပေါ်လာကာ အညိုရောင် နယ်စပ်မြို့နံရံသည် နေရောင်အောက်တွင် ခရမ်းပြာရောင်သို့ ပြောင်းလဲသွားပါသည်။ စစ်တပ်များသည် ယီရွှေသို့ တက်လာကာ အလံနီများ မလွင့်တစ်ချက် လွင့်တစ်ချက် ဖြင့် နှင်းခဲများကျ၍ ချမ်းအေးလှသောညတွင် တိုက်စည်သံများကိုပင် မကြားရပါ။ ဘုရင်မင်းမြတ်၏ ကျေးဇူးတရားကို ပေးဆပ်နိုင်ရန် စစ်သည်များသည် အသက်ကိုပေး၍ ဓားကိုဆွဲကာ စစ်ပွဲတွင် အသေခံ တိုက်ပွဲဝင်ကြပါသည်။

【ရှင်းလင်းချက်】

ဤကဗျာသည် နယ်စပ်စစ်ပွဲများ၏ ပြင်းထန်ရက်စက်မှုများနှင့် စစ်သည်ရဲမက်များ၏ နိုင်ငံအပေါ် ကျေးဇူးဆပ်လိုစိတ်များကို ရေးဖွဲ့ထားပါသည်။ ကဗျာသည် တောက်ပဆန်းကြယ်သော ဆေးရောင်များနှင့် ပြင်းထန် ဝမ်းနည်းဖွယ်ကောင်းသော စစ်မြေပြင်တိုက်ပွဲများကို သရုပ်ဖော်ထားပါသည်။ မွန်းကျပ်သော ပတ်ဝန်းကျင်တွင် ရဲမက်စစ်သည်များ၏ ရဲစွမ်းသတ္တိရှိမှုများကို ပေါ်လွင်စေခဲ့ပါသည်။ ကဗျာတစ်ပုဒ်လုံးတွင် ဆေးရောင်စုံနေသော်လည်း ထိုင်းမှိုင်းမနေပါ။ ကြေကွဲဖွယ်ရာကောင်းသော်လည်း ရင်နာစရာ မကောင်းပါ။ လီဟယ့်၏ကဗျာများတွင် ထူးခြားဆန်းကြယ်မှုကို ဖော်ပြနိုင်သကဲ့သို့ တစ်မူထူးခြားသော ကဗျာပုံစံကိုလည်း ပေါ်လွင်စေပါသည်။

輔國大將軍夔國公劉弘基

46.《南园十三首》（男儿何不带吴钩）李贺

【原文】

男儿何不带吴钩？收取关山五十州。请君暂上凌烟阁，若个书生万户侯？

【释文】

好男儿为何不身配宝刀，驰骋疆场，收取那些被藩镇占据的州郡呢？请您到凌烟阁去看一看，哪个万户侯是书生？

【解析】

这首诗歌表达了诗人渴望驰骋疆场、建功立业的远大抱负。诗歌开篇气势不凡，表现了想要建立军功、报效国家的激越情怀，节奏明快，情绪昂扬。结尾部分以唐太宗建凌烟阁，悬挂功臣画像进行表彰，来激励读书人勇于从军，建功立业。诗歌以两个设问组织全篇，透露出感情的激荡不平，表达了充满浪漫主义色彩的理想。

46. တောင်ပိုင်းခြံမှ တေးဆယ့်သုံးပုဒ်

လီဟယ့် (Li He)

ယောကျာ်းကောင်းတစ်ယောက်အနေနှင့် အဘယ်ကြောင့် ဓားကောင်းမဆောင်၊ စစ်ပွဲဆင်နွှဲ၍ အခြားနယ်ပယ်များကို မသိမ်းပိုက်ပါသနည်း။ ရဲစွမ်းသတ္တိ အဆောင်တွင် သွားရောက်ကြည့်ရှုလျှင် မည်သည့်စာပေသမားသည် သောင်းအိမ်မှူး ဖြစ်ဖူးပါသနည်း။

【ရှင်းလင်းချက်】

ဤကဗျာသည် ကဗျာဆရာ၏ စစ်ပွဲတွင် ပါဝင်ဆင်နွှဲကာ ဂုဏ်ထူးဆောင်လိုသည့် ဆန္ဒကြီးကို ဖော်ပြရေးဖွဲ့ထားပါသည်။ ကဗျာအစပိုင်းတွင် အားမာန်အပြည့်နှင့် ဂုဏ်ထူးဆောင်လိုစိတ်၊ နိုင်ငံ့တာဝန်ကို ကျေပွန်စွာထမ်းဆောင်လိုသော တက်ကြွသည့် စိတ်ဓာတ်၏များကို စည်းချက်ညီစွာ ဖော်ပြ ရေးဖွဲ့ထားပါသည်။ အဆုံးပိုင်းတွင် ထန်ထိုက်ဇုန်းဘုရင်မင်းမြတ် တည်ထားခဲ့သော ရဲစွမ်းသတ္တိအဆောင်တွင် ချိတ်ဆွဲထားသော ဂုဏ်ထူးဆောင်အမတ်များ၏ ပန်းချီများကို ဥပမာထားကာ စာပေသမားများကို စစ်တပ်တွင်း သို့ဝင်၍ ဂုဏ်ထူးဆောင်ရန် အားပေးထားပါသည်။ ကဗျာတွင် မေးခွန်းနှစ်ခုဖြင့် တည်ဆောက်ထားကာ စိတ်တွင်လှုပ်ရှား၍ မတည်ငြိမ်မှုများကို ပေါ်လွင်စေသည့်အပြင် စိတ်ကူးယဉ်ဆန်သော အတွေးများကို ဖွဲ့နွဲ့ထား ပါသည်။

唐詩選譯

酒

47.《江南春》杜牧

【原文】

千里莺啼绿映红，水村山郭酒旗风。南朝四百八十寺，多少楼台烟雨中。

【释文】

广袤的江南大地，黄莺在欢乐地啼鸣，处处花红柳绿；临水的村庄，依山的城郭，还有迎风招展的酒旗，一派生机盎然的春日景象。而南朝遗留下来的数以百计的金碧辉煌、屋宇重重的佛寺，出没掩映在迷蒙如烟的春雨之中。

【解析】

这首诗歌写了江南春天的景色，艺术高超，久负盛名。诗歌开篇以“千里”的尺幅，写了江南大地的春天，选取了具有典型性的事物，莺啼、水村、山郭等，色彩明艳，层次丰富，为我们展开了一幅巨大而美丽的图景。而前朝遗留下来的诸多庙宇，则为明丽的江南春天增添了深邃之感，在迷离雨雾中若隐若现，引人深思，并留下无限遐想。

47. တောင်ပိုင်းရဲ့နွေဦး

တုမု (Du Mu)

ကျယ်ပြောလှသော ကျန်းနန်ဒေသတွင် ရွှေဝါရောင်ငှက်တို့ ပျော်ရွှင်စွာ တေးဆိုနေကြ၍ နေရာအနှံ့တွင် သစ်ပင်ပန်းပင်များဖြင့် စိမ်းလန်းနေသည်။ ကန်ဘေးရှိရွာများ၊ တောင်ခြေရင်းရှိမြို့များနှင့် လေတွင်လွင့်နေသော ထမင်းဆိုင်၏အလံကလေးစသည့် အရာအားလုံးသည် နွေဦးရာသီ၏အလှကို ပေါ်လွင်နေစေပါသည်။ နန်ခေတ်မှ ကြွင်းကျန်ခဲ့သော ရွှေရောင်ဝင်းလက်နေ၍ အထပ်ကြီးအထပ်ငယ် အမျိုးမျိုးရှိသော ဘုရားကျောင်းရာကျော်တို့သည် ဖွဲဖွဲ မှုန်မှုန်ကျနေသော နွေဦးမိုးရေအောက်တွင် တည်ရှိနေကြပါသည်။

【ရှင်းလင်းချက်】

ဤကဗျာသည် ကျန်းနန်ဒေသ နွေဦးကာလ၏ရှုခင်းကို ရေးဖွဲ့ထားကာ အနုပညာ အရည်အသွေးမြင့်မားကာ နာမည်ကျော်ကြားပါသည်။ ကဗျာ အစပိုင်းတွင် မိုင်တစ်ထောင်ဟူသော အတိုင်းအတာဖြင့် ကျန်းနန်ဒေသကြီး၏ နွေဦးရာသီရှုခင်းကို ကိုယ်စားပြုနိုင်သည့် ငှက်တွန်သံ၊ ကန်ဘေးရှိကျေးရွာ၊ တောတောင်တို့ဖြင့် အဆင့်ဆင့် ဆေးရောင်စုံခြယ်သကာ လှပစေပြီးနောက် သေသပ်လှပသော ပန်းချီကားတစ်ချပ်ကို လှစ်ပြ ရေးဖွဲ့ခဲ့ပါသည်။ ယခင်ရှေးခေတ်က ကြွင်းကျန်ခဲ့သော ဘုရားကျောင်းများစွာသည် တောက်ပသော ကျန်းနန်နွေဦးကို နက်ရှိုင်းသော ခံစားမှုတစ်ခုပေးခဲ့ကာ မိုးမြူများကြားတွင် မထင်မရှားဖြင့် အတွေးများကာ တွေးတောစရာများကို ချန်ထားပေးနိုင်ခဲ့ပါသည်။

唐詩選譯

華清宮

48.《过华清宫》杜牧

【原文】

长安回望绣成堆，山顶千门次第开。一骑红尘妃子笑，无人知是荔枝来。

【释文】

从长安城回望骊山景象，山上花木繁盛，犹如锦绣。山顶上重重大门依次打开，奔腾的骏马疾驰而过，扬起一片尘土，这使得杨贵妃开怀不已，没有人知道是荔枝送来了。

【解析】

这是一首著名的咏史诗。诗歌选取了玄宗因宠爱杨贵妃，为其飞骑送荔枝一事，揭露了统治者劳民伤财，为满足其贪欲而不惜兴师动众，千里驰骑只为博妃子一笑的丑态，鞭挞了统治者的荒淫骄奢。诗歌不从正面指责，而是措辞微婉，但讽刺之意显然可见。

48. ဟွာချင်းနန်းဆောင်အနီးက တေးသုံးပုဒ်

တုမု (Du Mu)

ချန်အန်းမြို့မှ လိရှန်းတောင်ကို ပြန်လည် မျှော်ကြည့်လိုက်ရာ သစ်ပင်ပန်းမန်တို့ များပြားလှ၍ ဆေးရေးပန်းချီကားတစ်ချပ်ကဲ့သို့ ရှိနေပါသည်။ တောင်ထိပ်ပေါ်တွင် တံခါးမကြီး အထပ်ထပ်ကို အဆင့်လိုက်ဖွင့်ထားကာ ဒုန်းစိုင်းလာသောမြင်းက ဖျင်မြန်စွာ ဖြတ်ကျော်ဝင်ရောက်လာသည်မှာ နောက်ပိုင်းတွင် ဖုန်တထောင်းထောင်းထကာ ကျန်နေခဲ့ပါသည်။ မိဖုရားရမ်ကို စိတ်ကျေနပ်စေမည့် တရုတ်ဆီးသီးကို လာရောက်ပို့ဆောင်သောကြောင့် ဖြစ်သည်ကိုမူ မည်သူမျှ မသိကြပါ။

【ရှင်းလင်းချက်】

ဤကဗျာသည် နာမည်ကျော်သမိုင်းတမ်းတတေးကဗျာတစ်ပုဒ် ဖြစ်သည်။ကဗျာတွင် ထန်ရွှမ်ဇုန်းဘုရင်မင်းမြတ်သည် မိဖုရားရမ်ကို နှစ်သက်လှသဖြင့် ခြေမြန်တော် များဖြင့် တရုတ်ဆီးသီးကို ပို့ဆောင် ဆက်သစေသောအကြောင်းကို ရေးဖွဲ့ထားကာ အုပ်ချုပ်သူများကြောင့် ပြည်သူအများ ပင်ပန်းရခြင်း၊ မိမိဆန္ဒပြည့်ဝရန်အတွက် အခြားသူများ အလုပ်အလွန်ရှုပ်စေခြင်း၊ မိဖုရား၏ အပြုံးတစ်ချက်အတွက်၊ အုပ်ချုပ်သူများ၏ တဏှာရာဂအတွက် မိုင်တစ်ထောင်ခရီးကို ခြေမြန်တော်များဖြင့် အမြန်သွားရခြင်းများ ဖြစ်ခဲ့ရပါသည်။ ကဗျာတွင် တိုက်ရိုက် အပြစ်မတင်သော်လည်း သွယ်ဝိုက် ထောက်ပြကာ ရေးဖွဲ့ထားပါသည်။

唐詩選譯

49.《无题》李商隐

【原文】

相见时难别亦难，东风无力百花残。春蚕到死丝方尽，蜡炬成灰泪始干。晓镜但愁云鬓改，夜吟应觉月光寒。蓬山此去无多路，青鸟殷勤为探看。

【释文】

相见不易，分别也难，尤其在这个东风微拂、百花凋零的季节。我对你的思念，如同春蚕，吐丝不尽，到死方休；如同蜡烛，燃烧成灰，泪方停歇。因为思念，辗转反侧，不能入睡，晨镜中的自己鬓发憔悴，你大概也会夜不成寐，吟诗遣怀时感受到月色寒冷、内心愁苦吧。你的居所与我的所在距离不算太远，希望能有信使为我们多多传递讯息吧。

49. ခေါင်းစဉ်မဲ့

လီရှန်းယင် (Li Shangyin)

တွေ့ဆုံရန် မလွယ်ကူ၊ ခွဲခွာရန် ခက်ခဲလှသည်။ အထူးသဖြင့် အရှေ့လေတိုက်ခတ်၍ ပန်းများကြွေသောရာသီတွင် ဖြစ်သည်။ သင့်ကို သတိရမှုသည် နွေဦးပိုးကောင်ကလေးများကဲ့သို့ ပိုးအမျှင်က သေသည့်အထိ မပြတ်နိုင်ဖြစ်နေပါသည်။ ဖယောင်းတိုင်ပမာ၊ မီးခိုးအဖြစ် လောင်ကျွမ်းသွားသည့်ပမာ မျက်ရည်များကို ရပ်တန့်နိုင်ခဲ့ပါသည်။ သတိရလွမ်းဆွတ်မှုကြောင့် ဘယ်ညာလူးလိမ့်ရင်းဖြင့် မအိပ်နိုင်ခဲ့ပါ။ မှန်တွင်းရှိ မိမိ၏ရုပ်ပုံလွှာသည် မျက်နှာချောင်ကာ ဆံပင်စုတ်ဖွား ဖြစ်နေသည်။ သင်လည်း ညစဉ်အိပ်မရဖြစ်နေ၍ ကဗျာစပ်ဆိုချိန်တွင် ညဘက် အအေးဒဏ်ခံရသဖြင့် စိတ်ဆင်းရဲနေမည်ဟု ခန့်မှန်းမိသည်။ သင်နေထိုင်သော နေရာသည် ကျွန်ုပ်နှင့် အလွန် ဝေးကွာလှသည် မဟုတ်ပေ။ စာပို့သမားက ကျွန်ုပ်တို့အတွက် အဆက်အသွယ် ပြုလုပ်ပေးနိုင်ရန် မျှော်လင့်ပါသည်။

【解析】

这是一首抒写与恋人分别之后思念愁苦的诗歌。首联一改前人“别易会难”的传统，将语意翻进一层，相见难，相见之后再离别更是不舍，所以离别也难，就写出了在暮春与恋人分别时的痛苦和不舍。颔联是千古传诵的名句，借用民间歌谣常用的“谐音双关”的手法，“丝”与“思”谐音双关，用蚕丝象征人的思念，用蜡泪象征人的热泪，用比喻将刻骨的相思怀念，对爱情的坚贞执着和至死无悔，生动形象地传达出来，使这段爱情充满了沉痛哀婉的悲剧色彩。颈联和尾联则抒写了离别之后各自对彼此的思念，并强作宽慰之语，似乎于绝望之中窥得一线希望，实则音信难凭，愈发显得愁情郁结，情难以堪。

【ရှင်းလင်းချက်】

ဤကဗျာသည် ချစ်ရသူနှင့်ကွဲကွာ၍ ခံစားရသော သတိရတမ်းတ၍ လွမ်းဆွေးမှုများကို ရေးဖွဲ့ထားသော ကဗျာဖြစ်သည်။ ပထမအပိုဒ်သည် ရှေးလူကြီးများ၏ "ခွဲခွာရန်လွယ်၊ တွေ့ဆုံရန်ခက်" ဟူသည့် ဆိုရိုးကိုလိုက်၍မရေးဘဲ စကားအဓိပ္ပာယ်ကို တစ်ဆင့်တိုးကာ တွေ့ဆုံရန်ခက်သည်၊ တွေ့ဆုံပြီးနောက် ထပ်မံခွဲခွာရမည်ကို ပိုမို၍ မခွဲခွာရက်ကြောင်း၊ ခွဲခွာရန် ခက်ခဲပါသည်ဟု နွေဦးတွင် ချစ်သူနှင့်ခွဲခွာရသော နာကျင်မှုနှင့် မခွဲရက်မှုတို့ကို ရေးဖွဲ့ထားပါသည်။ ဒုတိယအပိုဒ်သည် ခေတ်အဆက်ဆက် ရွတ်ဆိုလာခဲ့ကြသော နာမည်ကျော်စာသား ဖြစ်သည်။ ကျေးလက်တေးများတွင် မကြာခဏ အသုံးပြုလေ့ရှိသည့် သံတူကြောင်းကွဲနည်းလမ်းကိုသုံးကာ " ပိုးနှင့်လွမ်းကို " သံတူကြောင်းကွဲအဖြစ်သုံးထားသည်။ ပိုးမျှင်များကို လွမ်းဆွတ်မှု၊ ဖယောင်းစက်ကို မျက်ရည်စက်များကျဆင်းသည်နှင့် ဥပမာပေး၍ လွမ်းဆွတ်တမ်းတမှု၊ ချစ်ခြင်းမေတ္တာ၏ ခိုင်မာမှုနှင့် နောင်တမရှိမှုများကို အသက်ဝင်စွာ ရေးဖွဲ့ထားသည်။ ထို့ကြောင့် ဤအချစ်ဇာတ်လမ်းတွင် ဝမ်းနည်း ကြေကွဲဖွယ်ရာများဖြင့် ပြည့်နှက်နေစေပါတော့သည်။ နောက်ပိုင်းနှစ်ပိုဒ်တွင် ကွဲကွာပြီးနောက် နှစ်ဦးသား အချင်းချင်း သတိရမှုများကို ရေးဖွဲ့ထားကာ စိတ်အားတင်းနေမှုများကို ရေးဖွဲ့ထားပါသည်။ မျှော်လင့်ချက်ကုန်ဆုံးနေချိန်တွင် အလင်းတန်းလေးတစ်ခု မြင်လိုက်ရသည်ဟု ထင်မှတ်ရသော်လည်း အမှန်တကယ်တွင် တွေ့ဆုံရန် ပိုမိုခက်ခဲကာ လွမ်းဆွတ်တမ်းတ သတိရနေရပါတော့သည်။

唐詩選譯

50.《夜雨寄北》李商隐

【原文】

君问归期未有期，巴山夜雨涨秋池。何当共剪西窗烛，却话巴山夜雨时。

【释文】

你写信问我回家的日期，但我还尚未定好归期；此时巴山的深夜正下着秋雨，秋雨绵绵，连池水都涨满了。什么时候才能回去与你共坐西窗之下，剪烛夜话，回忆今日巴山夜雨时的情景啊。

50. မိုးညမှာ ရေးတဲ့စာ

လီရှန်းယင် (Li Shangyin)

သင်က ကျွန်ုပ်ထံစာရေးကာ ကျွန်ုပ် အိမ်ပြန်လာမည့်ရက်ကို မေးမြန်းပါသော်လည်း အိမ်ပြန်မည့်ရက်ကို မသတ်မှတ်ရသေးပါ။ ဤအချိန်တွင် ပါးရှန်းတောင်၏ညတွင် ဆောင်းဦးမိုးဖွဲလေးများ အဆက်မပြတ်ကျနေကာ ကန်ရေများပင် ပြည့်နေပါတော့သည်။ မည်သည့်အချိန်မှသာ ပြန်လာနိုင်၍ သင်နှင့်အတူ အနောက်ပြတင်းဘေးတွင် ညလုံးပေါက် စကားပြောနိုင်ပါမည်နည်း။ ယနေ့ ပါးရှန်းတောင်၏ညဘက် မိုးရွာနေချိန်အကြောင်းကို ပြန်ပြောင်းသတိရ ပြောပြနိုင်ပါမည်နည်း။

【解析】

这首诗歌是李商隐留滞巴蜀时寄赠长安友人之作（有一种说法是寄赠妻子，此说不太可信）。诗歌构思精巧，感情真挚，意味隽永。首句一问一答，跌宕转折，极富表现力，羁旅愁苦之情已跃然纸上。次句写了眼前的实景，巴山夜雨，持续不断，涨满秋池，既渲染了凄凉寂寥之情，也象征着愁思的绵绵不尽。最巧妙的在最后两句，设想日后重逢，共坐西窗之下，秉烛夜话，却正聊着今日不堪承受的巴山雨夜。重逢时的欢乐温馨更能反衬今日的凄凉寂寞，同样的场景一实一虚，结构上回环往复。诗歌虽语言明白如话，却感情深婉，曲折动人，艺术上含蓄隽永，令人回味无穷。

【ရှင်းလင်းချက်】

ဤကဗျာသည် လီရှန်းယင် ပါးရှုဒေသတွင် နေစဉ်အခါက ချန်အန်းမှ မိတ်ဆွေ(အချို့ကမူ ဇနီးသည်ကို အားပေးသည်ဟု ဆိုကြသည်။ ယုံကြည်ရန် ခက်ခဲပါသည်။) များကို ရေးဖွဲ့ပေးပို့သော ကဗျာဖြစ်သည်။ ကဗျာသည် အရေးအသားသေသပ်၍ မေတ္တာ မှန်ကန်ကာ အဓိပ္ပာယ်ရှိလှပါသည်။ ပထမအပိုဒ်တွင် မေးတစ်ခွန်း ဖြေတစ်ခွန်းနှင့် အပြောင်းအလဲများကို ဖော်ပြလိုမှု အလွန်ကောင်းမွန်ကာ လမ်းခရီးစဉ်တွင် ပင်ပန်းဝမ်းနည်းမှု ခံစားချက်များကို ပေါ်လွင်လာစေပါသည်။ နောက်တစ်ပိုဒ်တွင်မူ မျက်စိရှေ့တွင်မြင်နေရသော ရှုခင်းကို ရေးဖွဲ့ထားသည်။ ပါးရှန်းတောင်၏ ညမိုး အဆက်မပြတ်ရွာနေပုံ၊ ကန်များတွင် ရေပြည့်နေပုံများကိုရေးဖွဲ့ကာ ကြေကွဲဝမ်းနည်း အထီးကျန်မှုများကို ပေါ်လွင်စေသည့်အပြင် အဆက်မပြတ် သတိရမှုကိုလည်း ဖော်ပြဖွဲ့နွဲ့ပါသည်။ အကောင်းဆုံးမှာ နောက်ဆုံးနှစ်ပိုဒ် ဖြစ်သည်။ နောက်တစ်ချိန်တွင် ပြန်လည်ဆုံတွေ့ရမည်ကို ကြိုတင်တွေးတောသည့်သဘော၊ အနောက်ပြတင်းတွင်ထိုင်၍ ဖယောင်းတိုင်မီးအောက်တွင် ယနေ့ကြုံရသော ဝမ်းနည်း ကြေကွဲစေသော မိုးရွာသည့် ပါးရှန်းတောင်ညအကြောင်းကို ပြန်ပြောင်းပြောပြမည်ဟု ရေးဖွဲ့သည်။ ပြန်လည်တွေ့ဆုံရချိန်၌ ကြုံရမည့် ပျော်ရွှင်နွေးထွေးမှုများသည် ယနေ့ အထီးကျန်ဝမ်းနည်းမှုများကို ပိုမိုပေါ်လွင်စေကာ အမှန်တရားတစ်ခု၊ စိတ်ကူးယဉ်တစ်ခုကို တူညီသောမြင်ကွင်းတွင် နှိုင်းယှဉ်ရေးဖွဲ့ထားပါသည်။ ကဗျာစာသားများသည် နားလည် လွယ်၍ ခံစားချက်နက်ရှိုင်းမှုကို ခံစားရ လွယ်ကူစေသည်။ အနုပညာအရ အဓိပ္ပာယ်ပြည့်ဝကာ အရသာရှိလှပါသည်။